那条小蛇游走在西辽河

小茹 ◎ 著

北京燕山出版社
BEIJING YANSHAN PRESS

图书在版编目 (CIP) 数据

那条小蛇游走在西辽河 / 小茹著 . -- 北京 : 北京
燕山出版社 , 2021.1

ISBN 978-7-5402-5932-7

Ⅰ . ①那… Ⅱ . ①小… Ⅲ . ①散文集 – 中国 – 当代
Ⅳ . ① I267

中国版本图书馆 CIP 数据核字 (2021) 第 053133 号

ISBN 978-7-5402-5932-7

9 787540 259327 >

那条小蛇游走在西辽河

出版发行：北京燕山出版社有限公司

社　　址：北京市丰台区东铁匠营苇子坑 138 号 C 座　　　100079

责任编辑：刘占凤　吴蕴豪

版式设计：优盛文化

印　　刷：定州启航印刷有限公司

开　　本：710mm×1000mm　　1/16

印　　张：9.5

字　　数：160 千字

版　　次：2021 年 1 月第 1 版

印　　次：2021 年 1 月第 1 次印刷

ISBN 978-7-5402-5932-7

定　　价：56.00 元

自　序

　　与其说这本书讲述的是虚构的故事，不如说这是一个孩童的隐秘心事。

　　很多个日暮时分，我走在人流涌动的街角，猛然间似乎看到了那个年少的自己，自在闲散，东张西望，脏兮兮的小脸上有着最明亮的眼神，带着一点没来由的孤傲和自得。我想，这孤傲和自得的力量来自万物有灵的自然，来自那片有大美而不言的天地。正因洞悉了沉默的秘密，所以才懂得了微笑的力量。那是属于我的秘密，属于我和沉默的天地达成的默契。

　　我出生在内蒙古东部的一座小城，又因母亲生于农村而有很多在乡下生活的体验。内蒙古天辽地阔，在我很小的时候，就无数次在天地间体验过浩荡无边的空旷，在大自然的沉寂中感受到生命的浩渺。神奇的是，也许是因为风沙太猛烈，而人烟太少，即使在小城的熙攘人群之中，我的内心也会常常产生时间、空间的无垠之感。我在那片土地上出生、长大，直到慢慢离开。我看过那里的四季晨昏，见过那边的大河滔滔，听过那处的风声呜咽。或者也许应该反过来说，那里的晨昏四季、滔滔大河以及呜咽的风，曾经以最大的温柔和耐心，看着那个小小的我，从幼年到少年，一年年长大成人，直至渐行渐远。

眼前还有那些鲜活的面孔。从小城到乡村，我的亲人、邻居、童年的玩伴，他们三三两两，排列组合，化作书中的人物，与那片天地共生长，同欢喜，并成为那片天地的一部分。而我，也是他们之中的一个，我是他们，他们亦是我。我想写写他们，也想写写那里的天地。然而，这本书从有动笔的意念到最终落成，用了差不多十年的时间，倒不是十年内反复增删，而是迟迟无法动笔。开篇尤难，怎么写都不对。

忽然有一天，我的眼前竟似无边沙土倾泻而下，像是心底的眼泪无声滴落，停不下来。

那一天，那个场景终于被我回忆起来，我一个人站在云幕低垂的天空之下，整个旷野之中，目光所及之处，再没有任何一个人。那个时候，人的感官似乎被放大了无数倍，听觉、视觉都变得异常敏锐。那时的我，虽然年纪尚小，但仿若触动了天机，感受到了一种来自远古洪荒的厚重力量。悲歌可以当泣，远望可以当归。我远眺前路，回望身后，忽然涌上一股难以抑制的悲伤，为长久以来不曾谋面的祖先，为和野草一样生一样死的默默无闻的自己和周围所有的人。

突然就落笔千言，一段段文字簇拥我的思绪而来，于是就有了这本书。

然而言不尽意，语言总是无法准确表达出想要表达的意思，有些话说出来就变得轻飘飘了。越是用力，越得其反。我想要用笔为我的亲人留下一丝痕迹，却无奈写不出他们的手摩挲过我头顶的温度。我想写一写那里的天光云影，独属于那片土地的日出日落，却连一粒沙的模样也描绘不清楚。我内心万千思绪，竟不知怎么写出千万分之一。

总之，往事攒了一箩筐，缺壶老酒慰衷肠。我想，天下之大，总会有那么几个人，懂得我在说什么吧。那么，就静待知音，我们以文字为暗号，约一场地老天荒的大酒。

此刻，我先干为敬，敬天地，敬亲人，敬往事。

目 录
Contents

引　子

　　我再一次像往常那样坐在窗前，看着外面的人和车。隔着玻璃，静默无声，像看一场无声的电影。我常常走神，游离于事外，仿佛与窗外的世界毫无关联，又仿佛苍老得遗忘了这世上的一切。时间从容地走着每一分每一秒，就像缓慢流淌的河水于不知不觉中带走了细细的流沙，却又忽而湍急，毫不留情地把发生的一切甩在身后。我想要溯流而上，却怎么也抓不住自己记忆的枝蔓，脑子里一片空白，像是被一双无形的手将发生过的一切生硬地从身体里拽了出去，留下一片混混沌沌的昏黄，稍做抵抗想理出一丝半缕的头绪，就会感到头疼欲裂，只能"束手就擒"。

　　一片落叶飘落到窗前，贴在玻璃上，湿漉漉的，夹带着秋雨的丝丝寒气。窗外，又一个秋季来了，落叶缤纷，色彩斑斓。

01 秋季的小蛇

那是个秋季的周末,我刚刚从山上归来,和孩子拾了几片落叶。山间云气若有似无,层层叠叠的颜色在四周铺展。

下山时,一条红色斑纹的小蛇像极了旁边染霜的叶子,向路的另一侧缓慢地移动着。

迎面突然来了两个骑行的人,被已经到了马路中央的小蛇吓了一跳。小蛇也显得有些惊慌,抬起的头迅速绷直又向后立住,瞬间定格成一幅静止的画面。

女游客还是尖叫了一声,和她的同伴猛地一个急刹车,险些跌倒,后勉强稳定住平衡,然后弓着身子逃也似的离去,留下那条小蛇茫然地发呆,在马路中间驻"足"片刻,哦,不,显然小蛇是没有"足"的,或许应该说是驻"腹"片刻,然后又俯身前行。

孩子错愕地看着小蛇钻入路旁的落叶丛,消失无踪,雀跃不停地欢叫:"妈妈,那真的是一条蛇吗?""妈妈,那是一条'野生'的蛇啊!""妈妈,你见过这样在大自然中野生的,不是在动物园里的蛇吗?""妈妈,你还记得我们上次在动物园里看到的那条蛇吗?它隔着玻璃窗居然害怕你的手指!""妈妈……"

……

当年欢叫的孩子应该早已忘了那日的情景,如今她已经和我一样高了;那条小蛇大概也早已完成了它这一世的轮回,化作落叶丛下的腐土了。

其实,那之前很多年前的一个秋日,我也曾见过蛇——就像孩子说的，那种动物园之外的，一条"野生"的真正的蛇。那时我多大？初中？高中？记不太清楚了，总之我是要去郊区一个同学家里送一份试卷，她那天应该是病了没有上学。

我骑着自行车，独自一人到离家乡那个北方小城并不太远的近郊去。

一路穿过市区，从喧闹到安静，人流渐少，周遭建筑物的高度不断降低，直至四周一片空旷，只有脚下那条年代久远的马路坑坑洼洼地向远处延伸着。

路边一些时高时低的杂草斑驳地投射出天光，间或裸露出苍白的沙土地，再远处依稀是些农田空地，人们的住处遥远成一个个小小的点，在旷野的尽头零星点缀着。太阳就在头顶，不是很热烈，也不明晃晃。让人无端产生一种错觉：整个世界好像只剩下了天空那个发白的太阳和脚下并不宽阔的灰蒙蒙的马路，还有中间那有些发闷的空气。

忽然，一条像浇花的水管那样粗细的蛇在我前方的路面上出现了，慢吞吞地穿过马路爬向路基下的草丛。它远不及碗口粗，但是也足够粗了，草绿带黄的花纹，和电视中、画报上的蛇一个模样。它团成一个圈，又徐徐铺展开，按照自己的节奏在我的视野里出现又消失。

我没有停下自行车，尽管有那么一刻，我觉得被它打断了行程，它的出现几乎是那次短暂行程的意外高潮，我似乎应该做点什么来回应这一切。但是，在我还没想好该做些什么的时候，它已经遁入草丛消失了。于是，我的车轮只好继续向前，仿佛一切都没有发生过。

不早一分，也不晚一秒，看似突如其来，又如命定一般，人与蛇偶然相逢，又各自散去，无论是秋季的游客还是多年前那个少女时代的我。对于北方的城市，这样的经历显然足够意外和惊奇，但抛开见到蛇的概率不说，单从道理上看，这样的相逢离散似乎与人生中的其他经历并无本质不同：多数人或擦肩而过不留痕迹，少数相识的在短暂相处后又各奔东西，更极少数进入彼此生命的最终也注定离散。无数由陌生而熟悉，又或由熟悉而陌生的面孔在岁月的涂抹下总有一天变得模糊不清，纵使有初见之美，事后也常常被证明是场空欢喜。因岁月积淀而益发深厚的情感并非没有，但相聚时的欢笑与离别时的痛哭成正比，无论如何，没有什么会永远相伴。所有的人，所有的事，终究是相遇又离散，直至渐行渐远。

　　我不知道别人是怎么度过一天又一天的时光的，想来大体应该都是有着明确的奔头，有一些具体而琐碎的事情，为着一些能看得见摸得着的事情奔波劳累。

　　我大概有些另类，不是说我可以不奔波劳累，也不是说我没有具体的事情可做，而是……我好像常常沉浸在一种莫名的思绪中，即使是在做着具体的事情的时候，我的脑子也一刻不闲，但想的多是一些缥缈而不知所云的东西。

　　对于别人司空见惯的一些东西，我常常会有一些新奇的发现，并且乐于独享那种发现秘密后的快乐。所以，我才会在见到那样一条小蛇之后的多年，还能记起当时的每一个细节，因为那经历让我不止于惊奇，而是在惊奇之余生发出很多莫名其妙的想法。

　　我常常想不明白，既然人们常说人活一世，草木一秋，那人和草木，人和动物（如蛇）又有什么本质区别？此处的人和别处的人又有什么本质区别？如果无论如何都不免一死，而死后万事皆空，那所有的忙碌、焦虑、快乐、悲伤，所有的希望、失望，岂不都是些毫无意义的笑话？

　　相比之下，我更希望有轮回。若是真有轮回，这一生的遗憾可以在下一世弥补，或者在不同的轮回中体验不同的感受，那可能会有趣得多。

　　没准某一世，我也是这样的一条小蛇，在旷野里自在地游走。泥地、沙地、黄土地、落叶覆盖的地、杂草丛生的地，我从一个地方穿过，爬到另一个地方，体会着身下不同土地的不同质感。我时而把身体盘起来，时而舒展开，这对我来说就像人类伸懒腰打哈欠一样自然，所以我才可以瞬时切换，易如反掌。

如果感觉饿了，就快速地寻找些吃的，小虫、鸟蛋，甚至青蛙、蛤蟆之类，遇到什么就把什么纳入腹中作为一顿美餐，其他时间干脆就躲在某片和身体花纹相似的草丛里或者树枝上，睡觉或者抬头看看天空，观察观察周围的景物，下雨了就淋一淋，太大的雨就躲到洞里藏一会儿。偶尔也穿过马路到另一片旷野里去，串串亲戚，或者纯粹旅游一番。遇到个把行人，也没有什么好大惊小怪的，那些傻乎乎的人类见到我总是会害怕得急忙逃走，他们总是那么大呼小叫，简直莫名其妙。

这样把自己想象成一条蛇的时候，我就觉得人类可笑极了，我自己也成了我嘲笑的对象。或者，谁知道呢？或许我出神凝想的这些时刻，就是我作为蛇的一世轮回中做的一个美梦。那一世的我在嘲笑这一世的我。

仔细回想一下，我这种胡思乱想的奇怪习气大概始于童年，如对着云彩发呆的时候，在风沙中奔跑的时候，企图躺在草甸上一睡不起的时候……

就说对着云彩发呆这件事吧。不记得是什么时候，我开始对天上的云着迷。我可以对着它们坐上一个下午，看它们缓慢变化，像是有一种听不到的韵律，磁石般牢牢地吸引住了我的眼睛。

在路上，在街角，在操场上，在登山途中，在任何一个有云的日子，在任何一个可以抬头望天的地方，甚至在童年的某一段时间，每天中午上学的路上，我都会对着云朵说几句话。我觉得云朵后面一定隐藏着一个我所不知道的世界，如同《西游记》里美猴王曾经大闹过的天宫。当然，天宫里最好已经接纳了齐天大圣，而不是只给他一个小小的弼马温的头衔。我每天祈祷云朵之上我看不见的孙悟空会帮我实现一些小小的愿望。比如，和某某成为最好的朋友，妈妈下班会奖励我一支漂亮的铅笔……

随着年纪渐长，这种傻乎乎的习惯不仅没有消失，还变本加厉地添加了一些新的想法。就在某一天，我突然由天上的云想到了轮回。

水汽凝结成云，云一经形成就时刻运动、变化，或渐聚渐多成为乌云，直至成为雨滴；或随风消散，再与其他的水汽聚集成新的云。

云在其成为云的那一刻起，就不再是同一朵云。这很像人的一生。

人生中每一天的那个人其实都不是前一天的那个人，每一个细胞分子、每一点微妙的心思想法都在分秒不停地变化着，直至诸气分散而死亡。但死亡或许也不是永恒不变的，就像云变成雨，雨落入大地，有朝一日又凝结成水汽蒸腾成云，所以如果真的有灵魂，灵魂在人死后也许有一天因了机缘，再次与其他诸气凝结，成为另一个新的人。

当然，在我去郊区的那个傍晚，我还远没有想到这些。那天，在和小蛇分开之后，我如同什么都没发生一样继续前行，找到了之前曾经去过一次的同学家，办完了老师交代的事情，又原路返回。

天色渐暗，黄昏悄然来临。转了几个弯，我骑着自行车，无意中抬头，就看到了西边天上的那些云，那样一种铺满半个天空的近黄昏时分的郊区的云。

那些云彩和往日白天里看到的不太一样。它们透出落日的颜色，绚烂、盛大，有些骄傲地变幻着镶嵌金边的位置。那些快速而神奇的变化让我忍不住想它们到底像什么，动物、神仙、树木、宫殿，都像，又变化太快瞬间就不像了，所以想来想去，怎么也想不出确切的答案来。

于是，我开始想象正对着云彩下的世界——那会是一片草原吗？晚归的牧人在马背上唱着长调被夕阳剪成一幅剪影，再远一些的蒙古包上也镶嵌了金色的边儿，整个蒙古包顶都笼罩了夕阳的红色。蒙古包的旁边是一个妇人正随手拍打着尘土，或者手中拿着水盆略带蹒跚地走着，倒掉脏水之后，她用手遮住眼睛看远处自家的羊群咩咩地叫着回来。我出生的这座小城在内蒙古高原东部松辽平原的边缘，号称是全国蒙古族人口最密集的地方，所以尽管我从出生到那时都没有见过真正的草原，但草原的意象早已在电视、广播、报纸的画面、文案中反复出现，成了我最为熟悉的陌生之地，它也自然应该是出现在我想象中的最近地带。

然后，更远一点的那片云彩下也许是一座安静的边远小城。那里应该有我更为熟悉的意象：小城里应该有一处安静的院落，院子里有一棵老树，树影婆娑，晚风带着温热的气息，一个满是白色胡茬的老人在树下闭着眼睛听评书，他的小孙子在墙角玩着和泥的游戏。快落山的太阳的红光洒满了小院，将那些房屋木窗上的玻璃分成了两部分，屋檐下的大部分已隐入阴影里，只有靠近窗台的部分反射出柔和的光，一只猫忽地蹿上了窗台，慵懒地打了个哈欠。

而那最遥远的天边正对着的云彩下面，应该是一片没有人烟的荒野，没有村庄，没有城镇，只有一棵不知道长了多少年的古树，一切都像它们一直以来的那样。树叶哗啦啦地闪着，早出的鸟一只只地飞回树上，地上的小虫子也在着急地往自己的窝里赶，小草们、野花们正在恋恋不舍地送别它们身上耀眼的光芒，看着那些金色、红色的光一点点暗淡下去，直至夜幕降临，月亮升起……

没有山，也没有海，家乡的小城在一览无余的平原上，没有阻隔的远方显得更加空旷辽远，像时间的尽头，没有终点，无尽连绵，从而使人的想象也变得没有着落一般，仿佛那些看不到的远方可以随意变幻出一个又一个奇幻的场景。所以我甚至还想，那些云彩下面的旷野上，那些杂草丛生的野花里有没有可能散落着某个孩子遗落的一个玩具，如一个不倒翁。

• • •

02 不倒翁

对，不倒翁。

那个圆墩墩的、塑料做的不倒翁。一个圆圆的头连着一个圆圆的身体，通身上下穿了一件带帽子的大衣，一件粉白条纹相间的外衣，从后面看上去就像一大一小两个粉色条纹的西瓜拼接在了一起，或者是两颗大小不一的水果糖。前面看呢，它的圆脸上有一对圆圆的眼睛，一张圆圆的小嘴，是个女娃娃的样子。

那是别人送给妹妹的玩具。妹妹那时太小了，她只知道把它放到嘴里啃，口水流得到处都是，弄得不倒翁的脸、额头、嘴巴都是黑乎乎的一片。

说起妹妹，在她出生前我已经在这个世上晃荡了六七年了，我觉得家里只有我一个孩子这件事挺好的，所以曾经极力反对爸爸妈妈再要一个孩子。

可是，我反对的话说出之后，他们的反应同我平常说我和张丽丽成了好朋友，不再喜欢李晓梅了没什么区别，他们就好像根本没听见或者没听懂我说什么一样笑笑，顶多在我着急得要跳起来的时候，胡噜一下我的头发，说一句在我听来是世上最虚假、最莫名其妙的话："我们再要个孩子，是为了你好啊，这样你就多了一个玩伴了。"

把一个我完全不喜欢的事强加给我，还说是为我好，这是他们一贯的做法。再说我的玩伴挺多的，邻居家的孩子、学校里的同学，这些已经足够了。事实上，很多时候，我觉得我根本不需要什么玩伴，我一个人在这个世上晃荡，发现很多好玩的东西、稀奇古怪的人和事，我尽可以慢慢地看下去，哪怕根本看不明白，看不明白本身也是一件好玩的事。

我真的不需要那么一个糊满了鼻涕眼泪的肉球做我的玩伴。但是，我改变不了爸爸妈妈的决定，只好眼睁睁看着妈妈的肚子一天天变成了肉球，听着人们笑呵呵地问妈妈几个月了，再冲我说上几句"你妈妈有了弟弟就不要你喽"。然后，我开始看到妈妈没事的时候就鼓捣一些布头，用剪子剪成大大小小的尿布，缝成小小的衣服、被褥。

直到有一天，奶奶牵着我的手说那晚我和她睡。躺在炕上，奶奶说："我想好了，要是男孩啊，就叫小鹤，女孩就叫小燕。"窗外一片静谧，我想象着一只白鹤在蓝天下展翅飞翔的样子，不知不觉地睡着了，却梦见一只燕子叽叽喳喳地飞到了我家屋檐下。

我睡得很熟，睁眼时已经天色大亮，太阳晒到屁股了。炕上只有我一个人，爷爷奶奶不知哪里去了。我揉揉眼睛，准备穿衣服，奶奶手里拿着什么东西进来了，"去吧，快去看看，你做姐姐了，这孩子哭得可真响亮。"

"是小鹤还是小燕？"我问奶奶。

奶奶笑了："是只小燕子。"

妹妹小燕，看上去像一只小猫那么大的一个小人儿，从此就成了我家的第四个成员，我作为独生女的日子一去不返了。

陆陆续续来了很多看她和妈妈的人，这些人带着钱、鸡蛋、玩具，抱起她笑，说她长得好，虽然我实在看不出那张粉红的皱巴巴的脸哪里好看。

也有人会一边逗她笑，一边看着我笑。这回她们的话变成了"妈妈有了妹妹就不要你喽"。反正不管是弟弟还是妹妹，她们打定主意妈妈有了第二个孩子就不要我了。看她们的表情，我就知道一切都不是真的，大人们很多时候真的很好笑，以为小孩子都像傻子一样。所以，在她们那么说的时候，我通常都不回话，也不看她们，只是摆弄摆弄她们送来的玩具，或者做点其他任何自己当时想做的事情而已。

可这也能引来她们大笑："哎呀，快看，老大不高兴了！"

不高兴不是因为她们说的这个一点也不好笑的笑话，而是因为这无非证明了她们自己傻而已。实际上，的确有些不开心的事，那是因为家里突然变得吵吵闹闹起来，不大的房间里充满了她的哭声、她的尿布、她的奶瓶……一切都乱糟糟的，我连写作业的地方都找不到。

爸爸妈妈在很长一段时间里，貌似很享受这种手忙脚乱的生活，终日兴头十足，不要我倒不至于，但是至少好像忘记了我的存在。

好在我还可以自得其乐。比如，开始发展和那样一个不倒翁的友谊。

这纯粹是一个偶然。无非是因为那天睡醒了，我在被窝里看见了它，一个突然而至的念头让我决定和它做一对"结拜的姐妹"，这是那时武侠电视剧和武侠小说里常有的桥段。这个念头让我从刚睡醒的状态很快清醒了过来，我看了看周围，枕头不知什么时候已经掉落到了地上，对着室外的窗户已经被窗帘遮挡严实。头顶天花板上垂下来的那盏昏黄的灯泡正尽责地亮着，灯光下，妹妹身下包裹她的被子散开着，一节一节藕样的腿向空中蹬个不停，两只小手正反复放到自己的嘴巴里嘬得有趣，眼睛晶晶亮，口水已经顺着嘴角流到了脖颈。

在炕头那边的被子里，是爸爸穿着秋衣的胖身体，他缩在里面，趴在炕上，只伸出头在看电视。电视里不知在放什么片子，似乎有突突的枪声。

炕头旁边墙上的那扇窗户也有灯光透过来，暗淡模糊。这扇窗户的那边是我家的厨房，看那灯光，妈妈应该在那儿做饭或者洗碗。所以，那应该是个冬日的晚上，不然天不会黑得那么早。

可是，我为什么是刚刚睡醒呢？不过这也没什么好奇怪的，我那时候还小，经常晨昏不分，说睡就睡着了。我揉了揉眼睛，把那个脏兮兮的不倒翁小心地搂放到胸口，像安抚婴儿一样轻轻拍拍她圆鼓鼓的后背。然后，我拉过被子坐了起来，头上顶着被角，就像披了一件斗篷。我把不倒翁放到"斗篷"之内，这样不但爸爸不会注意到，而且即使妈妈突然进来也不会被我的姿势吓到。想了想，我又向"斗

篷"里缩了缩，"斗篷"几乎成了一个"帐篷"。然后，我按着这个不倒翁，让它和我在这个隐秘的"帐篷"里一起下跪、叩头。我喃喃自语，唠唠叨叨。

"我叫小茹，你叫什么名字？"

"哦，你叫'两个粉西瓜顶在一起笑哈哈'，太啰唆了，你干脆还是叫笑哈哈吧。你记住啊，粉西瓜，哦，不对，笑哈哈，下面我说的话你要和我一起说。"

"我，小茹，今天和笑哈哈自愿结成姐妹。不求同年同月同日生，但求同年同月同日死。"

"嗯，我是笑哈哈呀，我愿意和小茹结成姐妹。不求同年同月同日生，但求同年同月同日死。"我捏起鼻子，故意细声细气地说话，就好像那真的是一个叫作"笑哈哈"的女孩子。

所有这些声音都极其细小，如同耳语，在那样一个夜晚，没有任何痕迹地快速消融在房间的昏黄中。

安静被妹妹的哭声打破。那么小的孩子总是没来由地哭，或者傻乎乎地笑。爸爸盘腿坐到妹妹身边，把她抱了起来，笨拙地哄着。扎着围裙的妈妈一边用毛巾擦着手，一边从厨房走了进来。她接过爸爸手中的妹妹，解开衣襟，把妹妹的小嘴对准了自己的胸膛。啼哭变成了呜咽，最终变成了津津有味的吸吮。

爸爸重新又钻进被子，妈妈双手托着妹妹，用脚磕掉鞋子，也翻身到了炕上，又腾出一只手拽过另一床被子搭在自己腿上。他们俩有一句没一句地交谈着什么，电视的音量还那么大，炉火上是烧水的茶壶。

此后很长一段时间，我和不倒翁形影不离。它圆滚滚的造型使我为如何不让人发现它伤透了脑筋。我有时把它藏在书包里，有时裹在衣服里。之所以是不倒翁，而不是什么别的玩具或者布娃娃，并非有什么特殊的理由，只不过是因为妹妹的玩具不多，而那天恰好那个不倒翁出现在我的手边罢了。如果当时离我最近的玩具是那只毛绒小狗，我随身携带起来就方便多了。

一个起风的黄昏，我把它放在胸前，拉上外衣的拉链，双手插兜，走在街角。

风卷起很多尘土，小城的尘土总是很多，夹杂着废纸片、烂塑料，让人觉得自己生活在一个很破败的环境里，不由得会生出一些沮丧和不明原因的愤怒。街角偶尔经过的几个行人都竖起衣领，低着头，偶尔吐出一口带着尘土的痰，呸上一声，继续行色匆匆地往家赶。巷口的路灯渐次亮起来了，我的两只手通过上衣口袋不为人知地捧着藏在衣服里面的不倒翁，然后倚靠在路灯上。

终于，街角看不到什么人了，我开始在风中歌唱。

我没疯，也不傻，我只是喜欢那种一个人歌唱的感觉。

有傍晚将暗未暗的光线，有附近人家透出的灯光以及飘散出来的饭菜的香气，在这样的环境下歌唱，好像有点悲凉甚至……悲壮，又有点伤感，有些在别处体会不到的气势，以及一点无法言说的仪式感。

至于孤独，我并不觉得，有街角路灯的光，有口哨一般呼啸的风声，还有怀里的一个不倒翁，这么多东西陪着我，怎么可能孤独？

很多时候，我的歌声不大，几近哼唱。但有时，我也会放声大唱，内心希望能在我的歌声中有些什么意外出现。

比如，某一个音乐家刚好在那个时候经过小城，循着我的歌声找到我，然后告诉我说："孩子，你唱得真好。"

然后呢？我不知道然后会怎么样，他会收我做学生，带我离开小城？那些我可没想过，我的想象只到了音乐家说"孩子，你唱得真好"这里就结束了，到这里我就心满意足了。

我甚至把这个场景的每一个细节都推想了无数遍，歌唱家的满头银发，他俯下身子和我说话时透过眼镜片显露出的眼角的皱纹和眼中流露出的温柔目光，还有他慈爱又充满欣赏、肯定的语气……

尽管这样的场景从未出现，但是让我欣慰的是，我怀里的不倒翁对我这些异常的举动和想法从来没有表现出鄙视和怀疑，它总是那样

微笑地看着我，这让我很心安。我觉得不倒翁很懂我，因为有时候不说话比说话更能说明一个人懂另一个人——他们通过心意沟通彼此，这就是所谓的心领神会。语言可永远达不到这个程度，什么事情经嘴里说出来，意思肯定就或多或少地改变了。

有时候，我也让不倒翁看我画画。我在纸上随心所欲地涂抹，边画边和不倒翁聊天。"我在画我将来的样子，你看，是这个样子的，你觉得怎么样？"我抬头看了一眼不倒翁，它还是那个表情看着我，像是在笑。"你呀，傻不傻呀！就知道傻笑。"我一点它的脑门，它就前仰后合起来，像是点头，又像是更加放肆地大笑。

妹妹不知道什么时候已经会爬了，她被前仰后合的不倒翁吸引了，爬过来抓起不倒翁就往地上扔。这怎么行？不倒翁是我的结拜姐妹。我捡起不倒翁，准备继续画画。妹妹却像发现了新玩法，再次把不倒翁扔到了地上，比第一次扔得还远，扔完了还咯咯直笑。

"不许扔！听到没有？"我捡起不倒翁，冲妹妹喊了一句。说起来，妹妹真是比不倒翁差远了，不但吵闹聒噪，而且完全不懂我的心思。我拿起画了一半的画纸，带着不倒翁到房间的另一块区域继续作画。妹妹爬到炕边，显然无法再够到不倒翁，于是大哭起来。

她的哭声太响亮了，简直吵死了。爸爸也被哭声惹烦了，急匆匆走到炕边抱起妹妹，冲我大吼："又让她哭，她要什么，你给她不就是了！"

我头也不抬，继续画画。不倒翁在我的画纸边频频点头。

妹妹在爸爸的怀中挣着身子，努力向不倒翁的方向伸手，胖乎乎的小手配合哭的节奏抓啊抓啊，像一个不太高明的舞台演员，正在上演生离死别的苦情戏。虽然演技不是很好，但爸爸还是很快明白了她的意图，抱着她走向我，拿起不倒翁递给妹妹，动作一气呵成，就像平时随便塞给她的任何一件玩具。

"这是我的！"我还没来得及从爸爸手里抢回不倒翁，不倒翁已经到了妹妹手里，并且以极快的速度被妹妹扔到了地上，这终于让她破涕为笑。爸爸一边轻声呵斥妹妹："不许扔啊！"一边弯腰捡起不倒翁把它再次递到妹妹手上，然后毫无悬念地再次被她扔到地上。

我站在那么近的地方，看着不倒翁一次次被摔到地上，它却始终保持着平和的神态，按照自己的节奏前仰后合地继续保持微笑。

尽管不倒翁若无其事，我却觉得不应该再袖手旁观了。我捡起不倒翁，轻轻擦去它落地时沾上的灰土，然后把它抱在怀里，想要继续画我的画。

妹妹再次大哭起来。爸爸一边哄妹妹，一边说我。"哎呀，别哭了，谁让你总是往地上扔啊。""你快把那个不倒翁给你妹妹，别让她哭了。"

"不行，它可是我的……"我险些说出"它是我的结拜姐妹"这么一句在大人看来肯定荒唐至极的话，爸爸却抢先一步："什么你的，明明是妹妹的玩具，那么大了还和妹妹抢玩具！"

我很委屈，看着以傻笑应对一切的不倒翁再次被妹妹扔到地上，我的眼泪开始在眼圈打转。

妈妈端着饭菜从厨房里出来了。"吃饭了，吃饭了。"妈妈利索地摆着碗筷，头也不抬地对爸爸说："孩子给我，你们俩快趁热吃饭。"

我默默看着风风火火的妈妈，对，我前几天刚听说了风风火火这个词，我觉得用来形容此刻的妈妈简直太贴切了，因为她带着一阵风走过来，这阵风又在她的周围迅速掀起了一圈热浪。可是，这风和火远远地隔离着我。我眨眨眼，很希望能变幻出一个软软的像棉花一样的妈妈，把我包裹住，再轻声细语地告诉我，她知道不倒翁对我很重要。

毕竟风风火火和棉花差着十万八千里，直到爸爸把妹妹交到妈妈手上时，妈妈才注意到我站在一旁抹眼泪。"这是怎么说的，小的哭，大的也闹，没一个让人省心的。快吃饭，吃完饭好写作业去。"然后又说爸爸："你看看，就我做饭这么几分钟，又因为什么呀，闹腾成这样！"

瞬间，风和火灭了，像是雨夹着冰，劈头盖脸而来。

爸爸旁若无人地开始吃饭，显然对冰雨早就习以为常，他一边翻拣着菜里隐藏的肉丝，一边说："啥事没有，就为一个玩具，抢来抢去的。"妹妹在妈妈的怀里仍然大哭着，小手向我怀里的不倒翁挥舞着。妈妈看看我，伸出手说："给妹妹。"

"给了她就扔。"我和爸爸异口同声。

妈妈转身拿了一个拨浪鼓转移妹妹的注意力。"来，宝宝，小燕子，来，我们玩这个。"妈妈抱起妹妹在屋内走来走去。风和雨都散了，这会儿，她倒真的像棉花一样柔柔的了，只不过棉花里裹着的是妹妹，我仿佛看到她们俩的最外层还有一个巨大的透明泡泡，在我面前飘啊飘啊，越飘越远。

我低头看看怀里的不倒翁，它还在点头微笑，似乎理解我刚才的感受，无论是棉花包裹的妹妹还是那个巨大的气泡，都真实不虚。而它又用自己一成不变的笑脸把我柔柔地包裹起来。

妹妹的哭声终于停止了，爸爸也快速地吃完了饭，接过妹妹，换妈妈去吃饭。他们都还是最好的年纪，是那样最寻常的夫妻。

03 寻常夫妻

寻常夫妻应该是什么样子的，我也说不太好，总之柴米油盐，人间烟火，有甜蜜，有艰辛，有柔情似水的时候，也有吵得天翻地覆的时候吧。

那时候妈妈脸色红润饱满，爸爸头发乌黑浓密，就像那个时代常见的宣传画。他们俩都是老师，妈妈是小学语文老师，爸爸是初中历史老师，勉强算得上是有文化的人。

"年轻的朋友们，今天来相会，荡起小船儿，暖风轻轻吹。花儿香，鸟儿鸣，春光惹人醉，欢歌笑语绕着彩云飞。"爸爸那时候最爱这首歌，无论是走在路上，还是骑着自行车，他常常吹着这首歌的口哨，轻轻晃着脑袋，行动像带着风一样。收音机里放的是《在希望的田野上》，那是妈妈洗衣服的时候最爱哼唱的歌："我们的家乡在希望的田野上。炊烟在新建的住房上飘荡，小河在美丽的村庄旁流淌。一片冬麦一片高粱，十里荷塘十里果香。我们世世代代在这田野上生活，为她富裕，为她兴旺……"

这种时候，我总会产生错觉。冬麦、荷塘、果香、年轻的朋友露出洁白牙齿的笑容……这些形象最常在街角的宣传画里、在集邮册的邮票里、在妈妈给我订阅的《小朋友画报》里出现，像一个个让人心情愉悦的符号，或者说像指挥家的指挥棒，轻轻一点，便音乐骤响，每个人都欢欣鼓舞莫名开心。那个时候的大街小巷，这样的开心合奏此起彼伏，一波接着一波，从白天到黑夜，不知疲倦。

　　暖风轻轻吹的周末，像所有不知疲倦的爸爸妈妈一样，他们也会带上我和妹妹去市中心的人民公园里玩上半天。

　　那有一个水磨石做的大象滑梯，要从大象的屁股里钻到它的背上，再从鼻子上滑下去。这真是一个天才的发明，一般所说的"吞吐"与此相反，但似乎从来没人想过这个问题。每个孩子都不知疲倦地在大象身体里钻进钻出，大象静默不语，同样不知疲倦地"反向吞吐"。

　　蓝天之下，一个极其平凡又微不足道的小小角落，绿荫掩映之下，石象、孩子，静默、移动，一个安静如水，一个欢跳不息。夹杂着孩童的声音，或哭或笑，或大喊尖叫，混杂着冲上云霄。

　　我自然也是那些不知疲倦的孩子之一，无数次在大象身体里进进出出，并且感觉不到无聊。

　　爸爸妈妈通常一人在大象的屁股那儿看护着我和妹妹顺利钻进去而不被磕碰，一人在大象鼻子下守护我们滑下去而不至于摔倒。他们一前一后配合默契，从未显露出不耐烦的样子，好像这就是生活的一部分。

　　他们的动作、表情、神态和周围所有父母一样，没有什么特别，所以无论在当时还是日后，想起来都是模糊一片。即使那时有一只鸟儿飞过他们头顶，鸟儿一定也不会有任何特别的印象，他们早已和周围的一切连成了整体，难分彼此。

　　不过，这一情形竟然也慢慢起了变化。

　　变化是因为公园里第一次出现了"双人飞天"。在最高的建筑只是二层楼的小城，谁不想飞到天上看看？乘坐"双人飞天"是要收费的，但是抢着交费的队伍还是排了好长好长。人们抛弃了石象，纷纷围绕在那新奇的玩意周围。

　　妈妈抱着妹妹，爸爸举着我，站在人群之中翘首以盼。人群几乎一动不动，直到让人心生绝望的时候，一波人突然被放了进去，人群终于松快了一节，然后又是继续死等。也不知道我们在人群中等了多久，松快了几次，反正已经让我怀疑到天黑也轮不到我们的时候，我们终于挪到入口，获准登上"飞船"。

然而，随着"飞船"在电机的带动下一圈圈盘旋着上升，我欲吐无物，欲哭无泪，只觉得头晕目眩，树木、人群、天空的云朵，所有能见之物全在我面前混杂到一起了，像被吸到了一个硕大的洗衣机内，看不清本来的样子。就连耳边的风声也变得讨厌，呼呼呼地加重了我的头疼。石象，我的石象，我在空中努力寻找石象，也许抓住它，我就可以摆脱眩晕，但是我早已辨不清它的坐标方向。

这次以后我就发誓再也不坐了。爸爸抱着妹妹答应我再也不玩这个游戏了，因为显然妈妈比我还晕，她已经在旁边干呕半天了。

那之后，我对去公园玩变得意兴阑珊。不喜欢"飞天"我知道原因，但同时我竟然莫名其妙地对石象也生出一种奇怪的疏离感。我说不清是什么原因，但我知道很多东西都是这样悄然发生改变的，一切都回不去了。

好在除了公园之外还有别的去处。我们四口人也会在某个周末的晚上去看一场电影。

小城的夜晚安安静静的，只在电影院门口多了人气和热闹，不仅因为影院招牌上的红色灯光，还有门口卖瓜子和烤红薯的小摊。

小城有两座影院和一个戏院。东边的电影院叫东方电影院，我们管它叫"东方红"，人们说今儿晚上去东方红啊，就是去东方电影院看电影的意思。西边的电影院叫工人文化宫，人们要说去文化宫了，那有可能是去看电影了，也有可能是单位在那里开了一个什么大会。我们常去的是工人文化宫，因为那里离家近些。

那时已经有了外国影片，我至今对某部电影里的一个镜头记忆犹新。当时，巨大屏幕上突然呈现出一只从地下伸出的手，这突如其来的场面把我吓坏了，当然后来的剧情表明这只是一个人梦中的情景。

可是从那以后，电影里别人的梦就成了我的梦。我在此后几十年的人生里，常常梦到一片幽深的蓝色土地上烟雾弥漫，从大地深处长出一只硕大的手，从泥土中掌心朝上似乎要抓取一切，毁灭一切。梦

境里悄无声息，只有土地破裂的声音。一条小蛇惊慌失措地想要从大手的指缝中逃走。突然，四周出现了密不透风的树林，所有的枝丫和树叶都是深浅不一的蓝色，小蛇也是蓝色的，散发着幽蓝幽蓝的荧光。大手在一点点收紧，小蛇在努力地爬……我的心也跟着小蛇的移动收紧，越收越紧，越收越紧！然后，我毫无例外地总是在这种时候惊醒，始终不知道小蛇是否逃脱成功。

有些电影是爸爸妈妈专门为了陪我去看的，如《哪吒闹海》。哪吒悲愤自刎的一幕让我在影院里伤心得流下了眼泪，好在后面太乙真人又用莲花和藕摆成人形让他复活了。那时看电影是哭了又笑，哪像后来常常是笑了又哭。

除了电影之外，还有一些让人昏昏欲睡的戏曲，那是在戏院里看的。一些脸上涂抹着各种颜料的人穿着颜色艳丽的服装，举着旗子在舞台上咿咿呀呀地跑来跑去。我总是看得不明所以，以为古人都是那样活着，那样说话。说不定，他们早已幻化成千年的妖灵精怪，不但偶尔得到批准能在现实的舞台上公开亮相，而且在一些我看不到的时空里，他们更是随心所欲地张牙舞爪，暗自滋长。

有些傍晚，既不是周末，又没有电影上映，单纯是因为晚风轻拂的感觉很好，爸爸妈妈就会提议去散步。"溜达溜达去？"一个人这么说着，另一个人就会牵起我和妹妹的手向门外走去，走在小城并不宽敞的马路上，慢慢走到河边，再走回来。他们轻声交谈，妹妹踉踉跄跄，我边走边玩。小城并没什么浪漫美景，更不用说什么太美的夕阳，遇到晚霞都属罕见，但那种不急不慌、仿佛这样的日子永不止息的状态着实让人迷恋。

一家四口的生活我已经渐渐适应，说起来多一个妹妹虽然没什么好处，但是也没什么明显的不好。她一天天长大了，会咯咯地笑了，会含糊不清地发出"jiejie"的音节，有时还紧紧抱着我的头，亲我的脸，虽然蹭得我满脸都是她的鼻涕和口水，但说心里话也怪让人喜欢的。

唯一的遗憾是我的不倒翁找不到了。那天我出门时忘记带它，回家时却怎么也找不到了。我不想让爸爸妈妈看出来我和不倒翁的"特别"感情，所以我只能装作没有目的地在家里的角落翻翻捡捡。到了快睡觉时，我实在没忍住，用尽可能平常普通的语气问了一句："妹妹天天玩的那个不倒翁呢？"妈妈边织着毛衣边说："被你妹妹不小心弄到炉子上烧坏了，扔了。"

扔了，不倒翁被扔掉了。不知道它被烧成了什么样子，被扔到了哪里，也不知道它在那个新地方——无论是垃圾堆还是旷野里，是不是还会那样前仰后合、没心没肺地傻笑。我一想到它只知道傻乎乎笑的样子就很想哭。但是，我什么也不能做，我能做的就是要像什么也没发生一样。

事实上，在所有人看来，也的确什么都没有发生，日子和往常没有任何不同。我照常上学，放学，在街角歌唱，对着云朵发呆。妹妹一天天长大，终于过了爱把东西往地上扔的阶段。爸爸妈妈努力工作，认真生活。他们晚上会记账，谨慎地计算着家庭的每一笔支出，憧憬着不久的未来可以给家里添置一样什么"大件"。他们很少吵架，偶尔吵也是冷战居多，大声吵嚷、泼妇骂街似的，妈妈做不出来，她怕别人听到会笑话。

那天傍晚，爸爸踩着一个矮凳，往墙上钉一排挂钩。之前，他已经用盒尺上下左右量了几遍，用铅笔做好了记号。天光从窗户外透进来，远处有大人招呼孩子回家吃晚饭的喊声，妹妹正在炕上摆弄新玩具。我坐在板凳上写作业，充当临时写字台的是那把椅子。

"把那个锤子递给我。"爸爸站在矮凳上回身叫我，他左手扶着挂钩上的木板，右手正把钉子举到合适的位置。接过我递过去的锤子后，爸爸叮叮当当地敲打起来，白墙上的灰土扑簌而下。刚钉好一个钉子，妈妈推门进来了。

爸爸没有回头，只说了一句"今天回来这么晚"，然后继续钉他的钉子。妹妹一边喊着"妈妈，妈妈"一边扑向妈妈。妈妈从爸爸身

后侧身而过，摸摸我的头，顺手把一块用报纸裹着的生肉放在我旁边的桌子上，奔向了妹妹。

天色渐暗，院子口隐约传来了"现在是长篇评书连续广播时间"的声音。

爸爸终于跳下矮凳，拍拍手上的灰尘，左右端详。

"不错。"爸爸小心地摘下帽子挂了上去，"怎么样？以后你的大衣也挂到这儿。"爸爸这才转身看妈妈。

妈妈抱着妹妹蹀着步子走向爸爸，歪着头看衣架，但似乎更想给爸爸看她的脸，爸爸又重复了一句："怎么样？"

妈妈仍不说话，依旧歪着头。爸爸这才发现妈妈新烫了头发："哈哈，不错，像只秃尾巴的鹌鹑。"

"讨厌！"妈妈打了爸爸一拳，重新又拿起刚放下的肉走向厨房。

鹌鹑是什么样的我没见过，想来秃尾巴不会好看。爸爸这么说妈妈，妈妈也不恼，大人之间的事确实让人搞不懂。

"晚饭吃什么？"爸爸跟进了厨房。

"我买了点肉，炒个蒜苗吧。"妈妈的声音欢快。

"哟，这肉不怎么好啊。"声音听着有些变了味道。

"不好也是肉啊。"味道变得更明显了。

"怎么想起买肉来了？这钱花的……"爸爸显然还没意识到，继续唠叨，我听了都烦。

"想买就买了。"妈妈的声音已经到了临界点。

"买也挑挑啊，挑点肥的、新鲜的啊，这肉可真不好。"爸爸居然还不依不饶。

"不会挑！不好你别吃！"妈妈终于爆发了。

"不好你还买？什么叫我别吃？你傻啊你！我不吃你吃是吧？你吃也吃点好的啊！我说今天啥日子啊，不年不节的，你这又烫头又买肉的，不过了？"傻傻的爸爸还在继续。

"吃个肉就不过了？你至于吗？我烫头怎么了？谁规定不年不节

我就不能烫头了？"我已经不知道怎么形容妈妈此时的语气了。

"你讲不讲理？谁说不让你烫头了？这肉本来就不好……"爸爸还在坚持肉的问题。

"有完没完？不好，不好扔了！"我想，妈妈已经崩溃了。

厨房里的声音一声高过一声，我就说大人的事让人搞不懂。"砰"的一声，一切声音戛然而止。

妈妈是个急脾气，不知把什么摔在案板上，然后红着眼圈从厨房推门而出。爸爸不会做饭，也气呼呼地跟着出来了。

妹妹要妈妈抱，妈妈赌气把妹妹推到一边，妹妹哇地哭了起来。爸爸也有些生气，冲妹妹嚷："哭什么哭！整天就知道哭！"妈妈坐到炕沿边抹起眼泪。

妹妹哭的声音更响，爸爸背着手在房间里走来走去，嘴里嘟囔着："我说什么了，就气成这样，这日子过的……"

这样的夜晚家里面出现的时候不多，但偶尔就会来一场。每当这个时候，我都觉得十分尴尬，虽然那时候我还不知道尴尬这个词。

妈妈无声地把妹妹拉到怀里，轻轻地拍着，眼里还有泪。

"妈，我饿——"我不识趣地看看妈妈，又看看爸爸。

"饿什么饿！忍着！"爸爸的火气又撒向了我。

"冲孩子发什么火。"妈妈小声嘀咕，然后对我说："柜子上还有点饼干，你先垫补垫补。"

爸爸马上凑到妈妈跟前："我发火？不是你先发火的吗？你这，你这脾气也来得太快了吧？我这不是担心到月底还有一个礼拜，钱不够花吗？"

妈妈把头扭向另一边，不理爸爸。

"好好好，都是我错了，行吧？赶紧给孩子做口吃的吧，这大的小的。我们可以不吃，可你不能看着孩子们饿着啊。再说，那肉，那肉真的不太新鲜……"爸爸再转向妈妈。

妈妈又把头扭向另一边，反而把怀里的妹妹惹笑了，看来妹妹更是弄不懂大人的事。

妹妹一笑，爸爸也笑。"你看，别生气了，二丫头都笑话你呢。我不也是担心到月底钱不够花嘛，我刚给幺屯寄了点钱。"

"啥？你给幺屯寄钱了？咋没和我说呢？"妈妈终于开腔了。

"这不是还没来得及和你说嘛，我想着他们这阵手头肯定紧，这个月咱们能富余点就想给你个惊喜。哪承想你又买肉又烫头的。"

妈妈用手背擦擦眼睛，把妹妹塞给爸爸，起身去厨房做饭去了。

爸爸抱着妹妹跟了进去，妈妈边切肉边说："明天是李老师儿子的婚礼，我想着怎么也得像回事，就把头发鼓捣了一下。这肉是张二宝他娘硬塞给我的，说是不太新鲜不好卖了，让我今晚抓紧吃了。我给钱，她说什么也没要，说我给她家张二宝补课一直不收钱，她挺过意不去的，我想着下次他来家里上课我再多尽点心也就有了。"

"早说不就没这些事了嘛。"

"我也没想到你给幺屯寄钱啊。这个我还真得感谢你，你对我娘家的好，我都记着。"

"两口子还用说这些！不过，你看，今天这都是误会，误会。所以你呀，我就说，遇到事情不要急嘛，有啥事两个人得交流嘛。"爸爸一手抱着妹妹，一手去拿盆给妈妈打下手。

"交流，交流，还直流呢！"妈妈终于破涕为笑。

······

像每次那样，他们很快又谈笑风生了，刚才的事情就像风一样飘走了。

这是一个最平常不过的夜晚，像他们一生中的大多数时候。月亮已经爬上天边，屋内灯光暖黄。躺在床上，他们又谈起了幺屯的事。

04 去幺屯

出城西南60里地，下火车，走村路，经过几个村落，路过一片沙丘，再过一条只有夏季才会泛滥的被叫作清河的小河，有一个安静得近乎荒凉的村落就是幺屯。

每个寒假、暑假，妈妈都会带上我和妹妹回这里小住。那时的交通远没有现在方便，要先坐一辆缓慢的火车到一个小站，再换上马车走上20里。有时爸爸也一同去，那样我们就骑自行车回去，爸爸负责骑车，我坐横梁上，妈妈抱着妹妹坐后座上。这种方式夏天太热，冬天太冷，所以我们通常选择坐火车回去。

那年冬天，我们娘仨正是坐火车回的幺屯。

蒙东平原的冬天朔风凛冽，天空低沉。那年冬天下了好几场大雪，出了城就到处是尺把厚的积雪。斑驳的绿皮火车呼着哈气，呼哧呼哧在积雪中气喘吁吁地穿行。

车厢里喧嚣着热闹的东北话，一个个肤色黝黑、面部饱满的人把自己裹得严严实实的，聊天、喝酒、吃饭、打扑克、嗑瓜子。蒙古族人也有不少，他们的穿戴已和汉族人相差无几，但样貌很有特点，男人多是大脸盘，或方或长，肤色黑中透红，眼睛细长，眼神明亮，女人面部扁平，有些颧骨高耸，爱用颜色艳丽的头巾裹头，爱戴金饰，所以大多能一眼就辨认出来。他们之间用蒙语沟通，偶尔蹦出几个汉语词汇。如果遇到汉族人，他们都会说些汉语，只是有一种特殊的腔调。

因为路程近，我们像往常那样决定就在车厢连接处将就一下。妈妈有一个草绿色帆布做的大提包，不知道买了多久，一副身经百战、疲惫不堪的样子，放在车门旁边的地上刚好可以充当我们的临时座椅。车厢连接处不停有人吸烟，烟雾缭绕得看不清近旁人的脸，偏偏能闻到旁边厕所传来的气味，让人很难在提包上坐得踏实。我努力挤到人群之外，站在车门前，看向车外。车门玻璃上结了一层厚厚的霜，我靠近玻璃呼出热气，用袖口使劲地擦，就露出一小块清晰的玻璃可以看向外面。

火车一路向西，外面的景色没有什么特别，大片大片的积雪覆盖着玉米地，雪浅的地方露出一个个高出地面些许的根茬，雪厚些的地方就只有白花花的一片。

远处有树，一大片田野与一大片田野之间常会有成行的杨树或桦树。那些树看上去像是单行排列，实际上应该是一条条道路两侧的行道树，道路通往不同的村庄。

很少有离铁轨太近的房屋，最近的也在百米以外，但因为空旷，常能清楚地看到院落里的细节摆放，玉米秸秆堆起的高高的柴火堆、墙角一堵土墙遮挡的茅房、几根捆好横放着的圆木。

有时眼前会突然出现一小片树林，树林里有一个个拱起的土包，是附近村庄人们去世的家人的坟地。坟头圆顶也被积雪覆盖了，个别的上面压有砖头，砖头下残存着褪色而破败的红纸，随风瑟缩。妈妈说，坟头上压着红纸代表这个家的后人有喜事了向去世的先人通报。这些喜事通常指的是家族中有人结婚、生子了……

也就半个小时左右的时间，本就不快的火车更慢起来，像是冻僵了要站起来搓搓手一样渐渐停了下来，一个平房建的小站出现在眼前，小站的房顶也堆满了积雪，使它看起来又矮又胖，好像随时会被上面的积雪压倒。

我们终于下车了。

铁栅门外，二舅笑着朝我们挥挥手里的鞭子，然后就用戴了棉手闷子的手捂住戴了棉帽子的耳朵，两脚不停地跳动踏步。

站台很小，往年回来，最多的时候也就三五个人出站，很多时候只有我们娘仨。我被妈妈裹成了一个圆球，棉衣、棉裤外面还套了一件大棉猴，棉猴的帽子里面还戴了一顶毛线帽，罩上棉猴的帽子后又严严实实地围了一条长围脖。我拉着小圆球妹妹，妈妈夹着提包跟在后面，依次通过出站口。检票员只负责开门，也像二舅一样两脚不停地抖动，轮换着踏步跺脚，这样的天气，他也懒得仔细看我们手里的票。

二舅接过妈妈手里的提包："可算接着你们啦，我都来了三天了。"

"我写信说了今天回的，天这么冷，干啥天天来？真是的！"妈妈熟练地把提包扔到马车上，掀起车上的棉被，让我们钻进去，她坐到我们旁边。

"前两天那场雪太大，估计十天半个月都没人来送信了。爸妈估摸着你们也就这两天该回了，天天套好了车等着，我要不来，他们得把我磨叨死。"二舅解开拴在电线杆子上的马缰绳，摘了棉手闷子，擤了一把鼻涕，然后一蹿坐到了马车的左前面。

"喔，喔，嘚……驾！"马嘚嘚地跑了起来，很快上了小路。路上是压实了的雪，车轮经过上面，咯吱咯吱的。偶尔经过结了冰的路面，马会放慢脚步，二舅也要下车，小心地牵着马通过。我躺在车上，裹紧被子，随着车的节奏起伏。

转了个弯，马车一路向南。我不用看路，只躺在车上看天。

路两旁有树，就是我在火车上看到的那种行道树，已落光了叶子，灰白的枝杈伸向天空，又从两侧呼应，天因此被分成了和路一样宽窄的长条，绵延不尽。马车悠悠前行，按照固定的节奏轻微起伏。我什么都不想，只着迷地看着天空。

我想起夏天的时候，两旁的树有着浓密的叶子，哗啦啦地响，叽叽喳喳充斥着喜鹊的叫声，也会不断有喜鹊从树丛里飞出来，迅速地飞过我的视线。有时，一两只调皮的喜鹊飞得极低，几乎擦着马车而过，或者飞在马车的前面不远处，像是给我们带路。

天空一片幽深浓郁的蓝，透着无尽清新的气息，让人找不到确切的语言进行描述，只想沉醉其中大口呼吸。

冬天没有这些，有时天空会是铅灰色的，阴沉沉的，飘落着细小的雪花，却也有趣，因为浑身上下裹得严实，雪花只能飘洒到睫毛上，落下就化开了，眨眨眼睛，凉丝丝的，世界都变得清爽了。

那天没有雪，恰是最好看的那种天，比夏天的天空还浓郁得化不开的蓝，像用多了颜料，厚重、纯粹，却高远，透着凛冽，没有一丝云，也没有太大的风。

这样的路走上一段，会穿过一个村子。

这村子大概临近铁路，交通便利，看上去比幺屯富裕得多，甚至会有几处红砖大瓦房。临近年根，人们多在猫冬，村里很少见到人，连驴马都少见。风从耳边吹过，带着些细小的秫秸皮，也许是麦子、高粱、稻子的壳，总之是那种细小而不易察觉的东西，不小心就沾到衣服上、头发上。

阳光打在不同人家的院墙上，一视同仁地散发着它的温暖，却因周围建筑的高低不同，而投射出大小不一的光影。

出了这个村子，后面还要经过几个村子，却是越走越荒凉。砖房渐少，土房也稀稀落落。路变窄了，行道树消失了，天空变大了，却也摊薄了，蓝色再没有那么浓郁了，喜鹊、麻雀全都不见了，空荡荡的，像是突然进入了黑白照片的世界，而且是年久发黄的照片。

发黄的是土地、土墙和土房子，一个村子就是一片发黄的土房子。单从外表，我看不出这些土房子的区别，但妈妈却能叫出不同村落的名字。

村子的名字挺有意思，大概可以分成三类：红星、团结、奋进是一类，估计是近年的叫法，透着一股新鲜气象。

还有一种叫作屯啊、窝堡啊，听到这些名字，我的眼前就晃着很多拖家带口离乡逃难的人，他们路途迢迢来到这边，大概就不想走了，于是就垦荒，逐渐定居。因为妈妈说过，过去这里都是蒙古王爷的领地，直到清末，王爷败了家产，请求当时的政府同意把土地租给汉族人开荒，这个地方才逐渐有了汉族人。蒙古王爷什么样，有点想象不出来，反正败了家产，怎么败的，那也不知道。总之，这个地方就逐渐出现了李家窝堡、张家窝堡、前屯、后屯……这样的名字很多，我猜想一定就是姓李的或姓张的人家最早租了块地方，在地头随便搭了个窝棚住人，然后大家要互相串门的时候，就说去那个老李家的窝棚呀，说得多了，就简化成李家窝棚了，再往后又聚集起更多的人，这就渐渐成了一个村子。至于屯呢，蒙东平原和吉林、辽宁交界的汉族人普遍说东北话，屯就是东北话里"村"的意思。屯的起名很随性，姥姥家的村子叫幺屯，南边有南屯，北边有北屯，东边有东屯，当然西边还有一个西屯。所以，我总觉得"幺"应该是"腰"，"当腰"是东北话"中间"的意思。此外，还有什么三家子、五家子，大概当年就住了三五户人家吧。

第三类村名是些猜不出意思的词，如大罕、舍伯吐、敖力布皋等，其实是蒙古语的音译，像大罕这个名字，听老辈人说是因为那里曾是达尔罕王爷的府邸，也不知真假。那些村子里聚居的都是蒙古族人，不过他们早就不再游牧，也已改为下田种庄稼了。

还听说，有一年南新庙一户人家盖房子，从地底下挖出一个罐子，里面都是金子。人们说那是当年杨家将里的义子杨八郎从辽营逃了出来，走到这里，感到"难心"了，把随身携带的金银细软都埋在了这里，隐姓埋名，以图日后再做打算，却阴差阳错，最终没有取出这些金银。所以，南新庙其实是"难心庙"。虽然这只是个传说，但是仔细想想，倒也有趣：辽宋时这里会是什么样子？会有村子吗？即使有，村子应该比现在小多了吧？房子很少，风沙却比现在大许多吧？假如真有类似杨八郎这样一个人物，他是骑马还是赶车来到这里呢？马车的样子和现在也不太一样吧？他有多"难心"呢？怎么就选择这个地方下马了呢？

耳边的风呼啦啦地吹着，好像是从那个遥远的辽代一路吹过来的。

不过，我可不"难心"，只是有些紧张。我们的马车已经走了很久，经过了三四个村子，快过清河了，在那之前要再过一大片沙坨地。

即使是夏季，这片沙坨地里除了贴地的蒺藜狗子外，也是寸草不生，在冬天的白雪覆盖下，蒺藜狗子也不复见了。一个个起伏的小沙丘放大了风声，就像有人在哭，总让我怀疑那些沙丘实际是埋了死人的坟地。偏偏那附近刚经过的几个村子叫前包家、后包家和史家围子。东北话shi/si不分，听着听着在我耳朵里就成了"前包围，后包围，死家里也围着"，这让我汗毛倒竖，觉得是被围困在死人的包围圈里，前后都没有出路。

下午三四点的光景，本应是天色大亮的时候，这里却因苍茫宁静，而显得暮色昏昏。风大了起来，四面八方静谧得像回归了远古蛮荒，除了我们这一家人、一驾车外别无声息。

路面上积雪少些，河边沙地却难行进。二舅和妈妈下了车，一人在前面牵马，一人在后面推车。马车艰难地留下车辙，很快又在身后变成浅浅的一道沟。待二舅和妈妈重新又上车时，他们呼出的哈气已经让眉毛都结上了白霜，这时也就靠近河床了。

没几步路，又要下来，河床里有的地方残存的河水结成了冰，马蹄会打滑。二舅更加小心地牵着马，甚至搂着马的脖子，才让马车一步步通过河底，最终上岸。在我看来，到此我们才算是冲出了"包围圈"，我那颗因紧张而提着的心也终于可以放下来了。

到了对岸，就能望见幺屯的炊烟了，再往前走，便看得到土房子了。走到这里，我就认得路了，顺着这条路走下去，用不了多久就到姥姥家了。

• • •

05 姥姥家

姥姥家靠近清河沿，在幺屯最北面偏西的位置。

幺屯不大，两条土路将外观相差无几的土坯房子分成三行。每一家的土房子看上去都大同小异，四周围了低矮的黄泥土墙，土墙上插了一圈大致齐整的短树枝，圈起了一个大大的院子，入口处是几根稍粗些的树枝捆绑起来的院门。

夏天的时候，墙角会有慵懒的狗，偶尔经过一头哼哼唧唧的猪。若是冬天，狗趴过的地方、猪走过的地方都变得光秃秃的，连它们的影子也看不到了。除了黄泥土墙和角落里的积雪之外，过道上什么都没有。院子的角落倒是多了玉米秸秆垒成的高高一垛柴禾，一家人整个冬天的取暖都指望它们。

每次回到幺屯，不等马车进院，姥爷、姥姥准会早早迎出来，大概已经在炕上瞭望多时。冬天的北风在耳边吹着，头发七零八落不停变换着方向，人要侧过脸才能听到彼此的话，嘴边被呼出的哈气缭绕，但是眉头眼角都是笑，热气腾腾地把我们迎进了房门。

原本一片沉寂的昏黄在那一刻突然焕发出生机，但没有人会感到突兀，似乎这突如其来的突兀也是沉寂的一部分，随之而来的一切很快就被北风吹散，吹到房门里面。

房门是吱吱扭扭、摇摇欲坠的矮厚木门，黑漆斑驳，有些地方已经露出木头原本的颜色，常用手推的位置包浆饱满、油光锃亮，中间一块横木插销晃晃荡荡，已无法把门关严实。

推门进去，就着门缝中露进去的微弱灯光，可以看到左右都是泥土搭的灶台，各有两口硕大的铁锅，靠近北墙堆着一些柴禾、一口水缸和一个同样漆黑斑驳的碗柜。

两侧灶台分别指向东西两个屋子，里面明亮了很多。东屋是凉房，虽也有炕，但不烧火，也不住人，里面堆些怕被雨淋的物件。有一次我还在里面看到一笸箩刚刚出生的小鸡崽。

西屋才是一家人吃饭、睡觉的地方，作为主要的起居室，屋里一铺从东到西的大通炕几乎占了房间一半的面积，炕梢有一个炕柜，柜门上画着大红、大黄、大绿的花鸟，柜子上堆着一家人的被褥，高高地直堆到屋顶。炕正对面的地上摆着一个横放着的木柜，有半人高，姥姥管那个叫躺柜。躺柜旁边是两个小些的木头箱子，用砖垫得和躺柜一样高，箱子下面挂着花布，遮挡住了底下的砖头。柜子的尽头是一口比我还高的大缸，上面压着一块石头，里面是渍好的酸菜，这是冬天里的主要食物。除了这些外，房间里唯一的物件就是一个木头的脸盆架，上面放着一个搪瓷洗脸盆。

房间三面都有窗。炕里是南窗，躺柜上面是北窗，和外屋相隔的墙上也有窗。三面窗看到的是三种不同的景色。

南窗有两扇，窗外是姥姥家的院子，因为地基高些，可以一直望到院子外面，隔着一条土路直看到前方人家的后院墙。窗是那种老式木隔扇的窗，听说直到妈妈和爸爸结婚后，爸爸托人弄了几块玻璃，才把窗纸替换下来。窗分上下，下半部分是固定的玻璃，上半部分则可以从里面向上打开，然后挂到房顶预先安好的钩子上。冬天自然不能开窗，不仅不能开，还要用报纸裁成细条紧贴着窗户的缝隙糊好，用以抵抗从遥远地带刮来的寒风。玻璃上都是霜花，拿舌头舔舔，凉丝丝的，有一点甜。晚上，屋里开了灯，窗外漆黑一片，用手指在上面乱画，可以形成很多奇形怪状的图案。

窗外紧贴着外墙下有一个小小的鸡窝，也是用土垒起来的。每天早上，总有一只公鸡站到鸡窝顶上啼鸣，声音嘹亮得像是响在耳边。很多个早上，我都在它的啼鸣声中醒来，透过单薄的一小块白布窗帘，窗户四角的玻璃透出微微天光，那一刻我感到无比踏实，我知道村里的人已经醒来，或将在随后的时间里渐次醒来，会听到人的咳嗽声、漱口声、粗门大嗓的吆喝声，马、牛、羊、猪、狗都要醒了，嘶嘶地叫、哞哞地叫、咩咩地叫……所有的声音和喧闹混杂在公鸡的啼鸣中，伴着早饭的炊烟，升腾到幺屯的上空。

远远的，在这样的袅袅炊烟中，村外路旁的小花小草、清河岸边的黄沙蒺藜也将缓缓苏醒，像以往每一个清晨那样向着太阳舒展，无论前一夜经历了怎样的风霜雨雪。也许在遥远的我从未见过的不知名的山上住着的神仙也会在这清冽的早晨醒来，轻轻捋一下他结了冰霜的胡须。

北窗是后窗，小小的一扇，对着后园子，远处是清河岸边的玉米地。

想起每个夏天，打开北窗就能听到后园子里杨树叶哗啦啦的声音，有时能闻到牛马温热的味道、玉米地里庄稼生长的味道，甚至更远处河水的味道。虽然闭上眼也能知道窗外的路通向哪里，但在月光下，我总是有种错觉，那哗啦啦风吹树叶的声音好像可以一直延展到天边，伴着风，一浪推着一浪，直到和天边的树连成一片，和天上的星星握手倾谈。多年以后，有首流行歌曲唱道"一扇朝北的窗，让你望见星斗"，我却无数次在这扇朝北的窗前，躺在烧得热乎乎的大炕上想象星斗，偷听它们的对话。

不过，冬天里这扇紧闭的小窗大概由于日夜受北风的吹打侵扰，本就被窗框分割得细小的玻璃更加暗淡，几乎让人忘记了它的存在。反倒是小窗旁边挂在墙上的相框生动起来，大多是妈妈寄回来的我和妹妹不同时期的照片，满月的、百天的、周岁的，也有几张我从未见过的老人的标准半身像，神情严肃，穿着迥异于当下风格的衣服，他们是妈妈的爷爷、奶奶以及那一辈的老人。有时我会望着他们出神，想象他们在时间之河的上游，在同样的冬季都会做些什么，他们像我这个年纪，会想到很多很多年以后，有一个同他们有血脉联系的小孩以这种姿态和他们亲近吗？

隔断墙上的那扇窗在炕上，并不需要打开，只有几块玻璃，透过玻璃，对着的是外屋的灶台。窗的最顶上有一颗很长的钉子，钉子上常常会挂着一个不大的笭筐，里面装着鞋样子、顶针、麻线，有时也会有一点饼干、糕点类的零食，那一定是姥姥为我留了好久的。做饭的时候，热气腾腾，一层层温柔而坚定地蒙上了玻璃，用一种特殊的语言暗中传递着饭菜的味道。断断续续能听到姥姥、姨、妈妈一边做饭一边唠叨家常，有时会突然迸发出大笑的声音，因为看不清，想象中她们的表情反倒更加生动。要不了多久，饭菜就可以上桌了。

吃饭是在炕上，人多就放两个炕桌。炕头的那桌是男人们喝酒的，炕梢是女人和孩子。冬天里能吃的东西很少，只有白菜、土豆和酸菜。但冬天会杀猪，猪肉连肥带瘦地切成薄薄的两寸宽、一寸长的大片，要薄到能透过光的程度，然后蘸着蒜泥吃，香味可以顺着嘴角流出来。酸菜是自己缸里捞出来的，要把菜叶一片一片掰下来摞好，然后侧着切成薄片，再切成细丝，里面加上切成小段的猪血灌成的血肠，咕嘟咕嘟和着粉条一起炖熟，别有一种说不出的味道。还有红烧排骨，寸长的排骨段齐齐整整的，裹着葱花，焯熟之后再过了油炒，然后加了酱油调一点颜色，这是大锅烧的，卖相也不精致，味道和城里小锅炒的、饭店做的截然不同，怎么形容呢？就像是老实人对人好起来那种贴心贴肺的劲儿。

不过，这样吃肉的时候在当年的幺屯实在不多。每年也就正月里热闹那么几天，更多的时候都是粗茶淡饭，最丰盛的食物一定来自夏天的园子。

06 夏天的园子

　　只有夏天，才可以把高粱米饭泡了井里打来的凉水，盛在大大的黑陶盆里，连饭带水地盛上来，胡噜胡噜，水也有了高粱米的清香，高粱米也被水滋润得绵软中带一点韧性，几筷子下去，小半碗饭就下肚了，就着炸茄子、炖豆角、大葱蘸酱……准撑得肚圆。大锅熬出来的味道总有股土地的香气，高粱像高粱，豆角像豆角，不似后来什么东西都寡淡得不像它们本来的样子了。而这一切美味的根源都来自夏天的园子。

　　幺屯虽不富裕，但是足够宽阔。虽然每家每户的土房子矮趴趴的，但是有足够多的土地横向扩展出自家的院子，房前屋后用土墙围起来，前园种菜，后院栽树，就是幺屯人说的"前后大园子"。

　　园子和土房子之间还有一片空地，马棚、猪圈、鸡窝分布在周围，中间的位置还足够一辆马车前后左右腾挪，这片空地才叫院子。说起来像是绕口令，但"园子"和"院子"音调不同，注定是不同的两个场地。院子靠近园子墙的位置是一处手压井。井口下面有一条细小的沟，连着园子。想浇菜的时候压出井水就可以了。

　　我曾经逞能去压水，没过多久手掌心里就起了一个水灵灵的大泡。但这并不妨碍我对压水的热情，只要先往井的"肚子"里装点水，然后使劲去压水井的长把，就能把更多的水源源不断地引出来，在这个过程中，还能感觉到一种对抗的力量从水井下面的地底下传导出来，力气越大，水流越大，反之，水就引不上来而渐渐衰竭了。

水流哗哗地下来，在小小的水沟里短暂聚集，然后顺着地势流向园子，慢慢地竟像一条小河。

水真是最奇怪的东西，可以说一滴水、一碗水、一瓢水、一缸水、一江水，它可以无限大，也可以无限小，永远分不出个数，必须借助容器存在，而且遇着什么容器，就变成了什么容器的样子。

我想象着假如自己是这井水的一部分，从地下很遥远的地方，被一个突如其来的力量吸引着上升，然后下降，落地，顺势而为，不停转换成不同的形状，钻过园子，流过一道一道小小的水沟，所经之处的土地随之变成更深的颜色。

我如果是那小小水沟里的水，想看谁，谁就能到我的怀里来了，如湛蓝湛蓝的天，大朵大朵的云，一飞而过的麻雀，我想看它们的时候，什么都不需要做，就能让它们在我的怀里映照。当然，作为姥姥家园子里的水，谁跑到我的怀里，也不全由我做主，我通常只能在黄瓜架下、豆角秧下、茄子和大葱的下面经过。但是我应该也可以有所选择，假如我喜欢谁，我就团团拥住它，爱上哪株小草小花，我就去细细寻找它的根茎，围绕着它，滋润它。

每一个夏日傍晚，我看着一股一股的水流从水井流出，流到园子，流经园子里的每一棵蔬菜的秧苗。像是能听到蔬菜们欢呼和成长的声音，豆角们一嘟噜一嘟噜地挂在架上，西红柿一个一个长出了青涩的形状，黄瓜和茄子都嫩，一畦大葱挺拔着身姿像列队等候检阅的士兵。

检阅它们的是我。"姥姥，姥姥，我要吃这几个豆角。""那个茄子好看，摘那个吃。""这有一个柿子红了，我摘下来了啊。"……那时的我，只顾兴奋地叫嚷、跑跳，指哪儿摘哪儿。

然而，我这样一个外来孩童的兴奋显然不是幺屯的常态，随着夕阳继续西沉，喧嚣也就渐渐隐去。

这恰恰是傍晚的园子的好处——傍晚的园子总是能让人安静下来，白日的燥热一点点退去，炊烟缓缓飘散出它的味道，远处偶然传来犬吠马嘶、孩子的欢叫、人们吆喝猪羊归圈的声音，无端地想找一处角落坐下来，静静地聆听、感受。无论是柔和的夕阳，还是淡淡的风，都带着一种不可言说的温柔，返照在园中作物上，或一小片洼地里的存水上，或一脉叶片上残存的细小水滴上……

园中最美好的就是那将暗未暗的时光。未暗时，园子的一切就像是一幅油画，赤、橙、黄、绿，每一种色彩都自信地展示出特别饱和的姿态。然后在不知不觉中，一切悄悄起了变化——随着天色渐暗，一幅好端端的油画神奇地先是变作写意的中国画，再变作黑白版画，从色彩慢慢消退到只留下黑色的轮廓，直至夜晚彻底来临，一切遁入无形。

夜晚的园子，作物们渐渐睡去，应该是小虫们的天下了。在那个人类无从知晓的隐秘世界，不知道小虫们是否也会出来纳凉闲谈，像夏日里的人们常做的那样。

幺屯的人们结束了一天的劳作，园子里的水也浇得差不多了，该是休息的时候了。吃过晚饭，人们就离开了园子，三三两两到碾坊旁边那块空地相聚。

碾坊在幺屯中央，碾坊旁边是一个空地，空地上有一棵很粗的柳树。这空地在村子的中心地带，是一个小小的十字路口，风从柳梢下吹过，尽管还有白日的余温，但总的趋向还是渐渐凉爽的。

人们习惯了走出家门，来到这里席地而坐，先在中间点燃一丛艾草驱赶蚊子，然后就随意地说些什么。有高声大嗓的男人，漫天吹着牛皮，说些让人大笑的段子；也有沉默寡言的男人，只坐在那里静静地听，偶尔听到有意思的事，也会露出红红的牙床，展露出那样一种在城里很少见到的纯朴到极致的笑容；小孩子在周围跑来跑去，不时惹来大人的训斥。这样的夜晚比冬夜实在热闹太多。

07 冬夜

冬天的夜晚来得早些，所有的活动都回到了热乎乎的炕头。男人们闲聊在炕上，女人们做活计也在炕上，小孩子玩耍还是在炕上。

女人们聊天、嗑瓜子，男人们喝茶、抽烟。烟是自己种的旱烟叶，卷烟的纸是裁成二指宽的报纸，加上一盒火柴，统统装在简易的纸盒里。有时恰巧够了人手，也会支起炕桌打几把小牌。

人们习惯了在烟雾缭绕中高声大嗓地说话，开怀大笑，好像只有这样才叫说话，只有这样才能驱散冬夜的寒意。轻声细语的人几乎没有，偶然有个把内向些的人，常常是被忽视甚至被嘲笑的对象。

姥姥家多数时候都有亲戚或邻居来串门。没客人的时候，姥爷就一个人靠着炕头喝茶。茶叶没什么讲究，散装红茶装在一个看上去有些年头的铁罐子里。一个满是厚厚茶渍的大大的搪瓷缸子，抓一大把茶叶浓浓地沏上一杯，喝几口再续上水。暖水瓶就放在旁边，一晚上刚好喝掉一暖瓶水。

妈妈和姥姥，还有我的几个姨，她们在一旁絮絮叨叨有着说不完的话。收音机时强时弱的信号中传出断断续续的声音，单田芳的评书不知道什么时候变成了新闻，一会儿又变成了滋啦啦的噪声……

满屋子被昏黄的灯光笼罩着，姥爷一次次端起搪瓷缸，吹着热气，缓缓喝下一口又一口茶水，然后喝着喝着，就靠在旁边的毡子上打起盹儿来。姥爷有一个特有的羊毛毡子，和褥子一样大，白日里卷成一个圆筒竖放在炕头的角落，只有晚上睡觉时才在褥子上面铺展开。全家人只有姥爷独享此物，这仿佛是一家之主的象征。

姥爷已经打了好几个盹儿，该要叫醒姥爷，铺上被褥好好睡觉了。

在炕上睡觉，头是要冲向炕沿边的，晚上一排枕头铺过去，一人一个被子裹着，露在外面的头看上去十分整齐。

有一年，姥爷的哥哥、弟弟们从天南海北回到幺屯，晚上都睡到了这铺炕上。他们之中，有工人，有干部，也有和姥爷一样守在幺屯的农民，多少年来，他们在不同的地方生活，各自娶妻生子，在不同人生的浸染下依次步入晚年，那些完全不同的日子却将他们刻画成相似的模样。我从大姥爷身上迈过去，又从姥爷身上迈过，然后是三姥爷、四姥爷、老姥爷，五个样貌相近的老头儿齐刷刷躺在炕上，真是让人忍不住大笑。我跳下地，从大姥爷走到老姥爷，又从老姥爷的脑袋摸起，一个一个，一直摸到大姥爷。姥爷笑着训斥我："这孩子，还不睡觉去！没大没小！"其他几个姥爷宽容地呵呵笑着。我终于笑得站立不稳，捂着肚子蹲在地上说："你们小时候是不是每天都这么睡啊，太好玩了，太好玩了……"实在是因为这几个老头儿长得太像了，齐刷刷的样子像是假的玩具一样。突然想到他们的童年，比我还小的小时候的他们在睡觉的时候会蹦跳吵闹吗？他们的妈妈看着他们并排睡着的时候，会想些什么？无数个为什么让我止不住地笑。

妈妈跳下炕，拉起我就要打，被姥姥拦住了。姥姥温声说："这傻孩子，这有什么好笑的，可不就这么睡嘛。"

妈妈带我和妹妹回姥姥家的时候，嫁到附近村子的二姨和老姨也会带她们的孩子回来小住，我们也是这么睡的。炕头是姥爷，然后是大舅、二舅，然后是姥姥，姥姥这边就是妈妈、妹妹和我，我右边挨着二姨，二姨搂着她的两个女儿，然后是老姨和她的一儿一女。满满登登，挤挤挨挨，一大家子人，热热乎乎，亲热得有着说不完的话。

灯光下，姥爷和舅舅已经钻进了被子，女人们却并不急着去睡，姥姥和妈妈、姨姨们会忙些棉活，边做活边唠嗑，难得相聚，有着说不完的话。炕中间的房顶上是贯穿整个房间的横梁，横梁上挂着房间里唯一的一盏灯泡，旁边经常挂一个小筐，有时里面会有些好吃的，大多数时候里面放的是麻线和纳鞋底的材料。她们散坐在炕上，影子晃动在墙上，偶尔有人站起来取筐里的东西，影子就会骤然放大，充满整个房间，仿佛是可以变幻出无限可能的巫婆。

直到她们收起活计，关灯钻进被子，墙上变幻的影子才终于消失了。可关了灯，她们又偏爱讲些吓人的话：村东的李家媳妇被黄狼子迷了，每天夜里往村外面跑，几个老爷们儿都拉不回来，白天醒了问起来却什么也不知道；老严家三儿子在外面出了车祸，夜夜给他爹托梦说撞他的人什么样，可是没证据，人家公安局不管；屠文章没了以后，附在他儿媳妇身上了，说是想孙子，看见孙子哇哇哭，那声音活活就是屠文章本人……

窗外的幺屯，漆黑一片，安静得像是消失在世界上了一样。不知谁家的狗在叫，远远的一声，两声，听得清晰，又很快没了声息。

我捂住耳朵，钻进被子，不敢听，又悄悄探出头想听。

却听到窗外呼呼的风声中，夹杂了一个人凄惨的喊叫声，"啊——""哎呀，疼死我啦——"妈妈和姨姨们停下手中的活计，同时望向窗外，窗帘的缝隙一片漆黑。姥姥摇摇头，叹了口气："作孽啊，作孽……唉，这郑德福命苦啊……"

08 郑德福

我见过郑德福，他就住在与姥姥家一墙之隔的西院，是个又高又瘦的聋子，有一双特别亮的眼睛，眼球的颜色是褐色的。都说十聋九哑，他是不哑的那个，因为他不是天生就聋，而是小时候得了中耳炎，打青霉素过敏才聋的，而且不是全聋，在他耳边大声喊的话，他也能听到一些。

有一次，我趴在姥姥家的墙头，看到他在自家院子用玉米皮编坐垫，一双手上下翻飞，灵巧得像个女人。他抬头看见我，笑了笑，露出一口细碎而整齐的白牙。

见我不笑，他抿上嘴眯着眼皱着眉说："这小嘎儿想啥呢？我让你笑你就会笑，你信不？"

我摇头，他突然一脸严肃地说出一个字："笑！"

我果然被他的样子逗笑，甚至不受控制地大笑起来，然后他也笑。

说起来真不可思议，那天他就是用这种单调的方法逗我笑，一遍又一遍，我像着了魔一样停不下来。我笑他一本正经地下达命令，也笑自己居然会笑，笑到后来笑乱了套，不断发现有新的可笑的地方，"笑！"哈哈哈哈……"笑！"哈哈哈哈……

天空淡蓝，夏日午后的风暖暖的，我不知道在郑德福的世界里，到底是真的"听"到了我的笑，还是只能"看"到我的笑。一堵墙，两个院子，是我停不下来的笑声和郑德福手上翻飞的玉米皮。

谁也不知道郑德福是怎么琢磨出来用玉米皮编坐垫的，有人看了他编的垫子说是可以卖到城里去，让他多编些等秋后来收购，一个可以给他一毛钱。于是，他从冬天开始，得空就编，编了高高一摞，堆满了屋子。可是后来那人一直没来，有人带话来说他编得虽好，但打听了说玉米皮不行，容易断裂发霉，不来收购了。

不过那是后话，我哈哈大笑的那个下午他还不知道他编的那些东西最终也只能和院子里那些玉米秸秆的命运一样用来烧火。

郑德福这么想赚钱，是因为他家很穷。他爹妈死得早，家里只有一个哥哥。他哥郑德贵比他大七八岁，因为他这个聋子弟弟拖累着一直没娶上媳妇儿。

终于在郑德福到了三十多岁的时候，有好心人介绍他倒插门到了西屯一个侏儒家。

别看是侏儒，郑德福和她感情却很好。侏儒长得白白嫩嫩，像个瓷娃娃，郑德福管她叫"小不点儿"，每天像捧着个宝贝似的照看着，舍不得让她累着。"小不点儿"也不把郑德福当聋子，从来不大声和他说话，动动嘴唇，郑德福就能明白她的意思。"小不点儿"干不了力气活，但缝缝补补的事做得还挺好，也能踩着板凳做一家人的饭菜。郑德福铆足了劲，起早贪黑地在地里忙活，一点也不惜力气。

郑德福的哥哥郑德贵在他倒插门后，少了负担，也有女人嫁了过来，是后包家村里的一个蒙古族寡妇。

郑家的日子算是熬出来了，幺屯的人都这么说。

又过了两三年，郑德贵娶过来的蒙古族女人给他生了个大胖小子，郑德福那边却没什么动静。有时候郑德福回幺屯，幺屯的人难免逗他，是不是光顾着给人家当傻劳力，抱着那么点的媳妇儿只能当闺女哄，从来没试过家伙什啊。郑德福脸憋得红红的，只是不作声。

有一次喝醉后，郑德福和哥哥说了实话，原来自从结婚后，"小不点儿"的妈压根就不让他们同房。郑德福开始还忍着，觉得总有一天能成，只是早晚罢了。没想到几年过去了，丈母娘就是看得紧紧的，有时"小不点儿"想和他亲热亲热，也总是被她妈叫回自己的房间。

郑德福回来一说这个情况，郑德贵觉得弟弟受了奇耻大辱，不容商量地让他离了婚。没有主见的郑德福又两手空空眼泪汪汪地回了幺屯。偏偏"小不点儿"和郑德福感情还好，离婚后，总是偷着来幺屯看他。每次来，两人都抱头痛哭。

有一次，"小不点儿"前脚来，"小不点儿"妈后脚就跟来了，在郑德福家骂了很多难听的话，郑德贵和蒙古族老婆也不相让，双方大打出手。结果，"小不点儿"跑出郑家就跳了清河自杀了。三天后，村人七手八脚从下游把"小不点儿"的尸体捞上来，郑德福抱着"小不点儿"坐了一宿，从那以后人就疯了。

郑德福疯了之后的举动是见到村里的小女孩就要抱人家，然后一边亲人家一边脱裤子。郑德贵受不了全屯人见着郑德福像躲魔鬼一样抱着孩子就跑，一气之下就打折了郑德福的腿。

郑德贵本来对郑德福说："我打折你的腿，养你一辈子，省得你出去丢人现眼！"可是腿折了之后很疼，郑德福整夜整夜地叫，还不停地咒骂哥哥郑德贵。

郑德福没日没夜喊了半个月，郑德贵终于忍受不了了，用推车拉着把他扔到了南坨子里的前村。

前村早就不是真正的村子了。那是很久以前几户人家在幺屯南面两三里地的一个住处，随着人们搬到幺屯后，那里早已是一片废弃的土墙破瓦。

郑德福被他哥扔到了其中一个残破的屋子里，隔三岔五送点吃的。寒冬腊月，被打折了腿的郑德福在四处漏风没有任何取暖设施的废墟里嚎叫、痛哭、咒骂着，所有的声音混杂在南坨子的风声里，自生自灭。

09 南坨子

我只见过夏天的南坨子。

在我看来，南坨子意味着所有夏天最温柔的风、最安静的午后、最美的夕阳和最初体会到的孤独。那里没有野花，没有草原，没有河流，但是这些出自想象的景物以更夸张的姿态，附着上绚丽的色彩，一次次出现在我后来关于南坨子的梦里。

梦中的我躺在南坨子那从不曾真实存在过的一片可以淹没牛羊的草海中，看朝阳东升，巨大而绚烂的红色渐渐铺满整个天空，将周遭的景物一块块点亮，数不清的野花洒满大地。我的双臂渐渐变做一双翅膀，带我缓缓飞向空中，风在耳边，地平线化为一道圆弧，天色渐渐明亮，空中的云渐渐散去，我从南坨子一路向北，飞过树林、飞过坟地、飞过一片废弃的土墙残垣、飞过幺屯、飞过大片的玉米地、飞向清河岸边，直到所有的一切在视野中越来越小直至消失……

这一切如此真实，常常让我忘记实际上的南坨子只是幺屯南面那一片少有人去的荒地。

走出幺屯，穿过南面那条连接东屯和西屯的土路之后，路基下有一条长满荒草的沟渠，沟渠上有一座小小的闸门。幺屯人都管它叫闸门，实际上就是由几块长条石头横竖搭在一起的一处小小的建筑，仿若南坨子的地标。由闸门开始，以南的那一大片没有庄稼的地方都可以被叫作南坨子。

闸门竖立的石条有两米多高，横放的石条交错着跨在沟渠上，像是某个孩童搭了一半的积木，缺少很多部件，又因遗忘了太久，而被风蚀雨侵，边角处已变得斑驳，露出里面深色的碎石子。

坐在那些横条石上，脚在下面悠悠荡荡，可以和条石下的沟渠呼应。那沟渠也许是曾经打算用作灌溉的渠，不知什么原因一直处于废弃状态，所以里面没见有过流水，却长了些叫不出名的野菜和颜色黯淡的野草。雨后低洼的地方会有一两摊积水，有时有一两头猪在里面打滚，有时三两只鹅在里面扑腾。看累了猪、看厌了鹅，就仰面躺在条石上面，闭上眼睛小寐一会儿。阳光照在头顶，透过合上的眼皮，是嫩嫩的红，跳跃又深邃，跳跃是因为眼皮总忍不住眨动，深邃是因为那种神秘的红色怎么也看不透、看不完。

有一次，在这样跳跃而深邃的红中，一声响亮的"嘿"突兀地出现在耳边，我急忙起身，揉眼，二舅骑着马仿佛从天而降。二舅笑着看我，拍拍身前的马背，笑着看我从闸门上走到他跟前。我还在犹豫如何上马，二舅弯腰就把我从地上抱上了马背。那是我第一次骑马，不是草原的骏马，是拉车驾辕的普通的黄骠马，没有飞奔，而是哒哒哒哒，哒哒哒哒，一步一步带我回家。这一幕说起来更像是一个臆想出的梦境，但正是由于它曾那样真实地出现在我的生命里，所以让我时常觉得后来一切琐碎庸常的生活才虚幻不实。

同样似真似幻的还有那些个夏天的傍晚。在晚风中，坐在闸门上，四面八方都敞开了，想望向哪里就望向哪里。北侧村落近在脚下，鸡犬相闻，猪鹅在视野之内悠闲度日，西边的落日抬头可见，东边的路没有尽头，南边远远的有树，树那边是藏着无尽未知的坨子深处。

我无限怀念那里的夕阳。站在闸门上，远处西边若隐若现的西屯之上是一轮柔和的落日。不远处的幺屯家家户户升起了炊烟，熟悉的茄子、土豆、豆角的味道上升到空中，被落日的柔光拥在怀中，村人招呼鸡鸭归棚、牛羊入圈的喊声也被夕阳镀上了金边，不经意间透露出一种无法言说的温柔，是人世最看似漫不经心的温柔，满满登登，溢满四野。

严格来说，闸门只是南坨子的边缘。由闸门向南，那一览无余，一大片起伏的盐碱地才能被称为坨子。坨子上有很矮的贴地植物，间隔着一丛一丛开出紫色花朵的马莲。随季节转换方向的风，天上变幻莫测的云，冬天的雪，夏天的雨，秋天的霜，在坨子里来来往往。除此之外，这里基本没人打扰，尽管萧条得有些单调，甚至丑陋，但所有的一切想怎样舒展就怎样舒展，想怎么开放就怎么开放，活得真实而不做作。

盐碱地再往南，几乎看不见的远处，是我不敢张望的大片坟地。幺屯里的人死后，都会埋到那里，那些死后的灵魂长久地守候在那儿，幻化成风，寂寂无声，遥望幺屯。

越过坟地，再远处，是另一片天地，那里有一片树林。或许是因为隔了那片坟地，很少有人到林地中来。

只是那年清河发大水，人们才想到了那片宝地。全屯的男人都到林子里砍树，砍下的树枝用马车拉着放到清河边上，再混上石块，用来把大坝垫高。大人们做的是正经事，不让小孩子掺和，我哭着闹着要去，最后终于坐上了二舅的马车，幸运地目睹了坨子深处那片密林的真容。

林子里没有路，马车停在林边，人们徒步进入密林。我像是到了一片世外桃源，一片沙地之中突然出现了涓涓细流，清澈得能看到水底。密不见天的树下有沾着露珠的小草，草丛里有蘑菇。童话故事里的景象出现了，我怀疑是否有一个刚刚采完蘑菇的小姑娘悄悄离去，或者是躲在哪棵树后正偷偷地看着我。我着魔般想要向林子深处走，却被二舅拽了回来，"林里有拍花的老妖精，被拍走了就找不回来了"，二舅的车装满了，要去清河了。

"林子里边有什么？"我执拗地问着。

"林子里面还是林子。"二舅急着要去清河卸木头。

"那林子里面的林子的那边是哪儿？"我还是忍不住地问。

"那边是蒙古族人住的地方。"二舅没回答我，旁边同村的一个老人说了一句让我意外的话。

蒙古族人？真的吗？我来了兴致，转向老人。

"我也没见过，那还是在我小时候，听老人们说起来的，在林子那边很远很远的地方，生活着蒙古族人，他们骑马，牵骆驼。"老人笑呵呵地，露出没有牙齿的牙床。

老人的小时候，那是多么遥远的事了！也许历史有多久远，这个林子就有多深远。

我一步一回头地看着林子，惊鸿一瞥中掀开了我从不知道的南坨子的另一面，它如此神秘，有一种出世的静美，像德子给我编的草蛇和戒指。

10 德子

德子比我大两岁，是妈妈的舅舅的小儿子，所以实际上是我的表舅。那些年里，每年寒暑假回姥姥家，德子舅都是我最好的玩伴。只是我从来不叫他舅舅，而是和大人们一样叫他德子。

德子手巧，在闸门边放马的时候，会给我用马莲编长长的草蛇，将食指伸进草蛇的嘴里，这样就可以甩动它的尾巴了，编得越长，甩起来就越好玩。德子说我的手指头又细又长，我舞动的草蛇最像蛇。

"德子，我去过南坨子，可是没见过蛇，你见过蛇吗？"我舞动着草蛇问德子。

德子挠了挠脑袋，接着说："我也是听老人们说南坨子里有蛇，可我没见过。你们城里有公园，公园里有蛇吧？你见过蛇吧？"

"见过啊，公园里的蛇，就像我这样。"我边说边快速地吐出舌头吸溜一圈，就像蛇吐出芯子。我又把身子扭来扭去做出盘旋的样子。

这让德子开怀大笑："你真像蛇，你就是蛇，你就是南坨子的小草蛇！"

说着说着，德子像变戏法一样，手指翻飞，很快用麦秆编了一个金灿灿的戒指，递给了我，说是送给南坨子的小草蛇。

德子会很多我不会的东西，他会放马，会割猪草。他告诉我村外草甸子上的马莲可以卖钱，不过要割很多很多，晒干后有城里的人来收。我就住城里，没见过晒干的马莲，城里人用这个做什么？我们俩猜测，有可能是卖菜的用它来捆菜吧，我记得妈妈买回来的韭菜上好像就是用这个打捆的。我于是雀跃着要和德子一起割马莲，我幻想如果我们割很多很多的马莲，铺满德子家后院的空地，德子就能有很多很多的零花钱了。可德子泄气地说收马莲的人已经好几年没来了，就算我们割的马莲把他家后院的空地铺满，大概也就只能卖几毛钱，用这个攒零花钱可能行不通。说到这儿的时候，德子提到了郑德福，那个编了一屋子玉米皮坐垫的人，曾经被幺屯的人嘲笑了很多年，卖掉马莲换钱花的想法和郑德福当年的举动一样可笑。

"说起来，郑德福的一辈子真的挺惨的，大人们说他肯定是上辈子作了孽。"德子像个大人一样在提起郑德福时又多说了两句。

"他后来死在南坨子了？"我想起那年冬夜窗外的哭嚎声。

"能不死吗？没几天就冻死了，"德子说，"后来他哥哥郑德贵全家都搬走了，据说是搬到黑龙江那边很远很远的地方了，再也不回来了。"看到我不解的样子，德子故作深沉："为啥？这还用问为啥？他害怕呗，怕郑德福的鬼魂来找他报仇！走得远远的，郑德福做鬼也找不着他了呗。"

德子边说边拉我去玩："不提那个死鬼了，呸！"

我和德子跑到姥姥家门前的麦垛上疯狂地钻来钻去，爬到顶上，再滑落下来，跌落到地上，又飞快地攀爬到顶端，一不小心脚就会陷进去，整个人摔倒在软绵绵的麦垛上，身上、脸上、头发上都沾满了细碎的麦秆屑和尘土。大人在旁边骂我们，扬言我们如果继续这样闹腾，晚上回去就给我们一顿胖揍。威胁的声音掺杂在闲聊人们的笑声中，在我们看来更像是一种默许，何况妈妈从来没打过我，而且德子是在陪我这个城里的孩子疯玩，他爸妈根本不可能真打他。

不过，能这样疯玩的机会也不总有，平日里，德子家会给他安排一些活计，我找他玩要看运气。德子家和姥姥家一个在村西头，一个在村东头，去找德子要穿过整个村庄。

记忆中的那个午后，我沿着村中间唯一的主路穿过近乎长方形的村子去找德子。夏日的村庄，没有太多的阴凉，一切都祖露在烈日之下。一眼可以望到天边的大平原上，除了一片片玉米地和远处若隐若现的树林，遍地黄土。

从西头走到东头，就像走在那个大大的长方形的中线上。灼热的太阳下，路两旁本就稀稀落落的树更显得蔫头耷脑，地面也热得烫脚。人们大概都躲在家中午休，整个村庄看不见人影，就像一座空城。我从一家又一家的门前经过，偶尔看到一两只在院墙的影子里或打盹儿或趴着吐舌头的狗，它们各自沉浸在自己的灼热中懒得理我。

村子被这条路分成了两半，南北各一列房子，前后两排房子加在一起只有二十几户人家，房子由清一色的土坯垒成。

我走在其中，突然有种奇怪的感觉，好像这个村子在很久很久以前就存在了，只是被时间忘记了，只有太阳的影子从东墙慢慢移到西墙，每天、每时、每刻，默默地注视着周遭的一切，屏气凝神而毫无变化。我前一年夏天来这里的那些天和这一天没有任何分别。

我看着周围一个个低矮的房子，它们有点像趴在地上性格温顺的某种小兽，体格不大却都夸张地铺排着，就像是和大地达成了某种默契——既然无法向天空的高远处拓展，那就随遇而安地向四面八方尽力铺陈。每一家不管院墙高低，都舒舒展展地围着房子前后圈起两个大园子。房前的园子种些当令的蔬菜，如豆角、黄瓜、茄子、西红柿，靠近南墙根儿的地方再种几棵向日葵，明亮的黄色成了这寂静村庄中唯一的点缀。房后的园子里通常都会种上几棵杨树，隐蔽处搭一间茅棚，用以解决人们的排泄问题。无论院墙还是房屋，多年被风沙吹着，都已斑驳不平，看上去就像初学手艺的匠人捏出来的不成熟的作品。

太阳毫无遮拦地挂在头顶，我看着周遭的一切，忽然觉得腻烦透了，好像无论如何也逃不出那些一成不变的土黄和燥热。

我想等我见到德子时，一定要指着太阳对他说，太阳在正午之前都是可爱的，可是到了头顶后就变得漫长无聊了，除了干热，还是干热。为了避免漫长的无聊，人只要过头半天就行了，中午以后的太阳就不需要了。就算是人，过了35岁也可以去死了，因为就像太阳过了正午，无论如何，以后的日子都是在走下坡路了。

我之所以说出那样狂妄的话，实在是因为35岁的年纪在那天中午的我看来还是那么遥远。那天之后的日子，我一天天长大，直到长到了35岁又迈过了35岁，然后的确一天天衰老，直至暮色沉沉。尽管多年前的我早已预见到衰老的可怕和不可避免，但我早像众多容易健忘的俗世中人一样，不但早已忘了那天晌午蹦出的奇怪念头，而且一天比一天贪生怕死，每天都在想着如何努力活得尽量长一些。我手足冰冷，渴望阳光。我眯着眼睛，遥望天际，就在那一个意外时刻，那一日的燥热突回心中，我无限羡慕当年的自己。

　　是的，燥热。除了燥热还是燥热，村子北面的清河有哗哗的流水，却丝毫无法减轻那种燥热。

　　清河是条不大的河，其他季节只是裸露着布满黄沙的河床，夏季却常常水流湍急。当我终于穿过燥热的村子走到同样燥热的德子家门口时，离清河就更近了。德子家北面不远，就是清河的外坝，他们管它叫大壕。大壕很高，高过了德子家的院墙，也高过了他家的房顶。

　　那天我们从他家后园子的院墙翻过，在燥热之中一前一后爬上了大壕。我还没站稳，德子就跑了起来。他一边跑一边笑着回头让我追他，德子的样子非常滑稽，我很想追上他好好嘲笑一通。德子却越跑越快，我完全追不上，直到跑得岔了气，捂着肚子让他等等我。他就站在前面，叉着腰笑我是笨蛋。等我感觉好些了想走到他跟前说话，他就又跑了起来，还是一边跑一边回头笑我。德子的笑感染了我，我也莫名大笑起来。那时候，虽然热，竟感觉不到燥了。

　　那个下午，我们在清河的大坝上来来回回地跑，来来回回地笑。直到筋疲力尽，双双摊开胳膊，躺倒在地。明晃晃的太阳在头顶无遮无拦地投射下来，让人睁不开眼睛。汗珠从额头顺着太阳穴往下滴淌，后背也是黏黏的。不远处的村庄安静得听不到一丝声响，周遭除了风吹过大壕底下那些玉米丛的声音，就只剩下河水的流动声。

　　德子说："清河来水就有鱼了，据说西屯的老鲍家的二小子网了好多鲤鱼，还能拿到集市上去卖。这真是个好消息，天气这么热，我

们去钓鱼吧。"我立刻翻身坐起，拉着德子往姥姥家跑。

习惯了农耕生活的人，从没有过捕鱼的经验，所以姥姥家没有任何捕鱼工具。我们找来找去，找到了一截铁丝，掰弯后系上一根麻绳，再把麻绳系到一个树枝上。一个简易的钓鱼竿就做成了。德子五岁的弟弟也找到我们俩，闹着要一起玩，我们三人就去清河钓鱼。

河水一点儿也不清澈，像是黑黄的泥汤，流速很快，看不出有鱼的样子。为了防止掉到河里，我们三个像拔萝卜的兔子，小心翼翼地站成一排，我抱着德子的腰，德子的弟弟抱着我，德子在最前面，勇敢地把"鱼竿"甩了出去。铁丝麻绳做的鱼钩却轻飘飘被风吹得落回了德子的脚下。

哎呀，德子弟弟急得要自己来，我推开他们兄弟两个冲到了第一线。

果然还是我厉害，鱼竿扔出去之后，就到了水面，往回拽时，居然拽不动。

哇，这么快就有大鱼上钩了！

我骄傲地指挥德子和他的弟弟，快，一起往后拽，好大一条鱼啊。

我们三个齐心协力"一二一，一二一"地和"大鱼"拔河。

就在我们快要坚持不下去的时候，"大鱼"终于浮出水面了——竟然是一节伸到水中的树根，在我们使尽全力之下，颤巍巍从岸边的泥里现出一点儿原形。我们顺着根的方向找去，发现它竟然指向我们身后几米远的那棵看上去马上就要倒下的大树。德子跑过去指着大树说："你呀，你呀，自己都要不行了，还把腿伸那么长！逗我们小孩子玩呢！"

那时的德子也就八九岁，双眸明亮，笑声清脆。他喜欢在我面前显露各种本事，也羡慕我生活在市里，愿意听我讲北市场的事。

11 北市场

　　幺屯的风吹过南坨子，吹过姥姥家的黄泥屋顶，顺着清河一路向东北，掠过一个又一个矮小的村落，终于在经过一段铁轨、迈过一座立交桥后力度慢慢变小，进而夹杂起越来越多的烟火气。当它穿过百货大楼的门洞，摇动起饭店门前那些红布、蓝布扎成的幌子的布条时，风就到了小城的最中心——北市场。

　　北市场因饭馆、店铺集中而闻名，是30年前小城的繁华之地。

　　一家挨一家的饭馆沿着不太宽敞的街道铺展开去，家家门前都挂着幌子，塞外风大，幌子四季迎风招展，多数因年代久远而颜色黯淡。但再黯淡的颜色也有讲究：红色的是汉民馆子，蓝色的是清真馆子。馆子已经改叫饭店，全部国营，服务员穿着白色衣裤，有一搭没一搭地嗑着瓜子闲聊，或者趴在饭桌上打盹儿。那时有条件下馆子的人不多，偶有几个风尘仆仆的人穿着厚厚的羊皮袄，背着人造革的皮包，从馆子里喝得面红耳赤，步履踉跄地走出来，准是下面旗县来办事的。服务员一边瞧不起这些土里土气的人，一边又羡慕他们酒酣饭饱后的满面红光。

　　我家就住附近，两个姑姑分别是四季青饭店和新风饭店的出纳和保管，伯母则在南侧一家清真饭馆里当服务员。有时家里来了客人，奶奶或者妈妈就会让我拿着饭盒到饭馆买上两个菜带回去。我便在大姑或老姑的带领下直接进入后厨，然后瞬间置身于灼热的空气之中，巨大的鼓风机在头顶呜呜作响，除了将油烟吸上屋顶之外，还遮盖了一切声音，总让我联想到那些有着巨大车床的工厂。

大师傅油腻腻的脸在火光升腾中忽明忽暗，胖胖的大手把炒勺颠转如飞，嗞啦啦几下就可以利落地把姜丝肉、木须肉炒好。酱油和淀粉勾芡过的汤汁让肉丝、肉片泛出诱人的油光，大师傅的手一翻转，这些冒着热气的肉菜就刷刷刷地倒在了我带去的铝饭盒里。要是点锅包肉则稍微费些时间，大师傅要把上好的里脊肉挂上淀粉反复油炸，火候甜咸都是功夫。每次锅里的油下去后，大师傅总是把手掌轻轻放在油锅上感知温度，差不多时再用一双巨大的筷子把肉一片片夹到油中，嗞啦啦地在油锅里几个轮回下来，还要上糖色翻炒，然后一大片一大片外焦里嫩的肉就变得金灿灿的，恰到好处的糖丝挂在上面，让看到的人们口水直流。

每次来饭店买炒菜的时候，我都会想到幺屯的德子。他居然没见过姜，更没尝过姜丝肉，不仅不知道锅包肉的味道，还一边吞着口水一边追问我锅怎么会包住肉。这个傻德子，该怎么和他解释呢？什么时候带他来北市场吃一顿就好了。

北市场除了有很多很多的饭店，还有很多很多的商铺以及很多很多的人。终日嘈杂，又好像随时可以归于平静，地面上的人头攒动映衬着头顶上那一条与街道同宽窄的天空，以及从这样宽窄的空中流经的云。

在两个姑姑的饭店之间，也就是我去买炒菜的必经之路上，有一间小小的糕点铺。开店的是一对夫妻，两人的腿都有些毛病，男人一跛一跛的，女人是O型腿，所以大家叫男人"拐了腿"，叫女人"罗圈腿"。"拐了腿"和"罗圈腿"老是一副卑微的样子，见了谁都点头哈腰的。人们路过时总顺带着开他们两口子几句玩笑，他们也不恼，总是笑呵呵地应着。

与这对总是笑呵呵的夫妻不同，北市场的顶南面有一个牙医诊所，挂着一个大大的招牌，写着"老景拔牙"，在这家诊所里拔牙的老景可严肃得多了。他本来就长了一副大长脸，再配上厚厚的肿眼泡，几乎从来不笑，俨然当时电影里的反派，附近的孩子都十分怕他。每次北市场周围的孩子惹大人不高兴，大人从来不说"狼来了", 而是代之以"再不听话, 就让老景来给你把牙拔了"。想象中, 把好好的牙齿拔掉, 尤其是让老景那个凶神恶煞的人拔牙, 绝不亚于上酷刑。

牙医诊所南面是一家打着呼哨的茶馆, 北边是玻璃上写着大大"茶"字的茶叶店。茶馆和茶叶店最大的区别是茶馆热闹, 茶叶店冷清。

茶馆的门框上有一个探出头来的水管, 呼呼地冒着热气, 还夹杂着哨声, 每次经过那里我都不由得害怕, 总觉得一不小心就会被烫着。这水管是和屋里的大茶炉连着的。茶炉下方的水龙头周围总是热气腾腾, 不断有人提着家里的暖水瓶来打开水, 一壶水二分钱。茶馆里放着几张方桌和长凳, 南来北往的车把式、小商贩常常会在这里歇歇脚, 喝壶茶。

开茶馆的是个细细高高的女人, 看人的时候眼睛飘飘的, 不知看向何处, 人们和她打招呼, 也有些不理不睬的意思。所以, 很多老邻居都不太喜欢她, 背后议论: "总好像谁打了她家水没给钱似的, 成天撅着脸子, 给谁看呢?" "可不是咋的, 又不是非要去她家打水, 没见过这样的。" "街里街坊住了这么多年, 就从没见过她有笑模样, 啧啧, 真是少见!" 听着这些议论, 我有些好奇, 每次打水时便偏要去她家。去得多了, 有时就看到有些油腻腻的老男人一脸诡笑地对着她龇牙, 她一侧身, 眼睛依然是飘飘的, 然后就听见那些男人破口大骂: "呸! 什么玩意儿, 还没结婚先有了孩子, 还在这装贞节烈女!" 女人也不说话, 只顾静静地往茶炉里送煤、添水。

有一次我悄悄问奶奶: "那家开茶馆的女的, 真有孩子吗? 我怎么从来没见过?" 奶奶紧张地把我揪到一旁, 吓唬我说: "别胡说, 叫人家听了不撕烂你的嘴!"

后来还是比我大几岁的二丽告诉我, 她也是听大人们说, 那女人真的有一个闺女, 谁也不知道孩子的爸爸是谁, 孩子在"文化大革命"的时候丢了, 她开这个茶馆就是想着人来人往的, 能打探女儿的消息。

相比之下，茶叶店是最不热闹的，却由于有了茶叶本身的香味而显得淡定超脱。隔上一段时间，奶奶就会带着我去茶叶店称上二两花茶、二两红茶，好就着听评书的时间慢慢品味。卖茶叶的干活极麻利，三下两下就把茶叶称好，用牛皮纸打上两个小包，用细绳系了递给奶奶。

拎着茶叶走出门，有时奶奶会给我买个烧饼吃。烧饼店紧挨着茶叶店，我没见过招牌，只有一个敞开的窗口。大人们都叫这家的烧饼为"刘麻子烧饼"。烧饼比一个碗口还大些，上面沾满了芝麻，里面是一层层的椒盐，咬上一口，可以伴着口水咀嚼半天。只不过，因为小时候个子矮，我从未见过窗口后面卖烧饼人的长相，每次都是踮着脚把钱递进去，把烧饼接过来。这让我在长大之后很久都想不明白一件事：这个"刘麻子烧饼"，究竟是卖烧饼的人脸上长满了麻子，还是说烧饼上的芝麻像麻了一样？

除了去饭店买菜、去茶馆打开水、去茶叶店买茶和吃"刘麻子烧饼"，我独自最常做的事是去副食店打酱油，那是我在那个年纪能承担的最好家务。

副食店里有个姑娘是邻居老陈家的小女儿，我叫她小陈姑姑。小陈姑姑长得白白净净的，小鼻子小眼，笑起来眼睛就没了，说话也细声细气的。小陈姑姑对我很好，常在我去的时候嘱咐我慢点走，别把酱油弄洒了，别把找的零钱弄丢了。后来有一阵见不到小陈姑姑了，是因为她嫁给了旁边饭馆里炒菜的大梁，怀孕生宝宝休产假去了。大梁长得高高胖胖，一双眼睛也总是笑眯眯的，说话很逗人，我也很喜欢他。我觉得小陈姑姑嫁给大梁，实在是件好事，大梁一定能让小陈姑姑常常笑得睁不开眼睛。

那天，我又去打酱油，听到也是去买东西的老王婆子悄悄问那个脸上有个大瘊子的售货员赵姨："你说，这小陈啊可怜的，本来身子就单薄，生个闺女还早产了，怕是不好养吧？"赵姨竟然咯咯地笑了起来，趴到老王婆子的耳朵边，却声音很大地说："哎呀，我的大嫂，你是不知道。他俩婚礼前那阵，有一次我临时有事，去小陈家里想找她替个班，你猜怎么着？敲了半天门都没开，后来终于开门了，小陈那上衣扣子都没扣齐整，大梁也在呢！那个脸红的啊，都没敢正眼看我，你说那会儿天都擦黑了，屋里连个灯都没点，小陈屋里没旁人……"赵姨说到这，停了下来，向老王婆子挤了挤眼睛："你说……这不明摆着嘛，还早产啥呀？""哎呀妈呀，真的假的呀？这小陈，看着老实，没想到还……哎呀呀！"老王婆子听赵姨说完就差拍大腿了，接着俩人笑得上气不接下气。

赵姨笑得忘记了理我，我站在那里看她笑过了又和老王婆子嘀嘀咕咕地耳语，继而又是一场突如其来的大笑。

这一刻，小陈姑姑大概在逗她的宝宝，大梁叔叔正在旁边手忙脚乱地冲着奶粉吧。副食店外有行人慢悠悠走过，远处传来沟帮子烧鸡的叫卖声，路边角落里几只麻雀忙着啄食，灰扑扑的，一会儿聚集，一会儿飞起，如果有巨人从天空俯视，这北市场的芸芸众生大概也就像这些无名麻雀吧。我还是快些回家，妈妈在等着我的酱油回去炒菜，北市场后面我家那座小院该传来晚饭的香气了。

12 小院

北市场中间有一条朝东的小胡同，穿过胡同，一排排平房小院挤挤挨挨地纠缠在一起。路边的一面灰墙上，隐约透出一点简单凡俗的粉色，是柳桃花朴素又活泼的花瓣。柳桃花下、灰墙围起的小院是我家。

我该怎么形容这个小院呢？我童年的大部分时光都在这里度过，远远多过我在幺屯的时光。但是，它和幺屯是那样不同，以至于每当我想起它，总感觉自己好像从幺屯上空一只铺展着翅膀的大鸟变成了长方形盒子里的一只小鸡。这么说，不是说小院困住了我，而是小院似乎把幺屯那种大地之上一览无余的硕大无朋，浓缩成了一小块热气腾腾的道场，就像一盆刚端上桌的什锦砂锅。

小院不大，是个长条形。门在东墙上，南面一排矮些的房子，是被两个仓房夹着的我们的小家，北面高大些的正房，住着爷爷奶奶和大伯一家，西侧连接南北屋的一个小小的屋子是大伯家的仓房。一圈房子和院墙中间，才是狭长的小院。风吹到这里，就被院墙挡住了，土刮到这里，也被砖头铺好的地面化解了，雨啊雪啊，到了这里都缩小了个头，不那么张扬明显了。

就连太阳，也不是整天都在小院的头上挂着，一天当中也就那么几个时段，才在小院显露它耀眼的一面。比如，早上太阳会探头探脑地从东墙钻进小院，透过木门的缝隙，在小院的砖地上投射出木门的影子；到了晌午，太阳转到了南屋外，在小院照耀的时间相对来说会久一些，它在南屋的房顶之上眺望小院，明晃晃的光或者照到北屋的窗台，或者打在柳桃花的枝头，但总会被南屋的屋顶挡住一半的光芒；当太阳被南屋彻底挡住，让人以为小院就要归于黯淡的时候，它又会突然从西面大伯家仓房上的石棉瓦上钻进小院，带着一层温柔的粉红或橘红色的光，绵软地照向小院大大小小的物件，照在酱缸上、圆木上、煤油炉上、自行车上，照在一盆盆花花草草上，甚至照在墙角那些落满了灰尘又装满了尘土的不知何年何月放在那里的瓶瓶罐罐上，照在正好那个时候在小院行走的人的脸上、胳膊上，照着他们左右腾挪才不至于被花的枝叶、自行车的车把、圆木上的铁丝刮了衣服的样子。

月亮就更要费些力气才能挤进小院，它必须努力地钻过树叶枝丫的缝隙，绕过院子里的各种物件，见缝插针般洒下一星半点儿的所谓清辉，投下更多凌乱的斑驳树影，像是用力过猛的水墨画。如果遇到起风的夜，枝叶摆动不停，水墨画就变成了皮影戏，好像不知什么时候就会从黑暗里蹦出一个妖怪来。

我无数次看到太阳在小院来了又走，月光洒下又消散，但我觉得无论太阳还是月亮，都没有我熟悉小院的每一个角落。

门口那个用白色粗布蒙起的大缸里是奶奶做的大酱，大酱里有腌制的小黄瓜和长长的豇豆角。要是天变了，黑色的云彩上来了，就说明雨要来了，那得马上拿起墙边放着的大铁盆把缸口罩住。有时候刚罩好，噼里啪啦的雨点就落下来了，敲在铁盆上叮叮当当响，就着这响声，人们三步并作两步跑进房门。要是晴朗的夏天，把这个大铁盆盛满水，放到太阳能照到的地方晒一个晌午，下午就可以拿来给我洗澡了。

南面靠东边那个大的仓房里放着半屋子煤块，还有板锹、簸箕、竹扫帚等工具。右边那个小一些的仓房常上着锁，偶尔几次门开着，里面竟有许多数不清的"宝藏"，如大大小小的木箱子、纸箱子、小铁桶，很多地方结了蜘蛛网，里面除了锤子、斧子、榔头等工具外，还有破袜子、漏了气的皮球、不知道做什么用的奇形怪状的木块、生了锈的饼干盒、自行车的外胎……有一次居然翻出了一个小球，弹性比一般的皮球要好上几倍，表面上还有一层快磨光了的细小毛绒。很多年后我才知道那是一个网球，真奇怪在那个年代家里怎么会有一个网球，难怪大人们总是念叨"破家值万贯"。

除此之外，还有很多整箱整箱落满灰尘的书，包括泛黄的小人书，书名诸如《梁生保买稻谷》《鸡毛信》《海底歼敌》《粤海风云》之类，这可真是宝贝，我开始寻找机会钻进仓房。仓房只有一面墙上在很高的位置有一扇小窗，射进来一束光线，像是所有尘埃的集中收纳器，很多细小的精灵在那束光柱里上下翻飞。我就着那束光，贪婪地进入书里的世界，常常忘记了时间。

开春了，房顶的积雪慢慢融化成水，悄然顺着屋檐往下流，到了夜晚又凝结成冰，幻化成一根根细长的冰溜，像水晶宫前的卷帘般挂在屋檐上。再暖和一些，冰溜又会化成水滴湿嗒嗒地掉落。太阳耀眼的时候，我站在门前，抬头透过冰溜，看着陆续落下的水滴，一滴、两滴，噼噼啪啪，落到房前的地面上，散落成一块比硬币大些的水痕，水痕又慢慢连成片，成为一长条湿漉漉的水路。我伸出手接住它们。水滴清脆地先后砸落在两个掌心，那丝清凉和不轻不重的力度真有种说不出的舒坦。这让我很快由最初漫无目的地只想接住眼前的两滴而变得贪心起来。我开始不断扩展双手的活动范围，加快身体的移动速度，叮叮咚咚，叮叮咚咚，越来越多的水滴落入我的掌心。我在屋前左右跳跃，动作越来越快，像是在弹奏一个硕大而神秘的乐器，又像在玩一个巨大的单机版游戏，此起彼伏，一个又一个即将坠落的水滴先后落入我的掌心。阳光耀眼，水滴晶莹，天空正蓝，春风正劲。

寂寞那是长大以后的事。我不觉得一个人玩有什么不好，也不在乎有没有人懂我，我没有什么心思，也不想什么未来。至于后面几十年的光阴，和我有什么关系，老人们常说"人过三十天过午"，我在幺屯的那个太阳直射的中午就想过35岁就该去死的问题，所以40岁、50岁简直老得不可思议了，与那时的我尚没有任何勾连。

不知道什么时候，屋檐下的冰溜竟然一个不剩地融化了，突然有一天，放在屋里的柳桃和石榴被搬到院子里来了，蒙在窗户上的塑料布也在某一天被大人们取下了。吹了一整个冬天的风，终于把糊在窗户缝上的纸条吹翘了边，用手一揭就哗啦啦地全掉了，在纸缝里藏了一冬天的灰尘终于有机会跑出来撒欢了，它们大概很想洋洋洒洒地开个舞会，却很快被玻璃的边缘、窗台的缝隙吸引了，附着其上，又归于平静。

没过几日，搬到院子里的花花草草就一改冬天的灰头土脸，不仅长出嫩绿的叶子，还热热闹闹地开出许多花来。粉的、白的大花，分别属于两株柳桃，一树火红火红的小灯笼是石榴树上挂的，矮矮的一溜花盆里是细小却娇艳的"玻璃脆"，爬山虎也顺着几根细线迅速占满了屋檐下的那面墙，紫色、白色的小喇叭沾着露珠在清晨次第绽放。

后来，我走过很多地方，住过很多小区，见过很多花草，可它们都缺少了一点灵性，不像小院的花草会说话——石榴最有风情，没风时窃窃私语，有风时嘈嘈杂杂，总有一树的热闹；"玻璃脆"是一群光屁股的小孩，没日没夜地只知道嬉笑打闹；爬山虎只在清晨梳洗时发出一点声响，过了晌午就要休息了；柳桃才是有钱人家的小姐，不一定长得多么漂亮，但是贵在持重、懂分寸，彼此间话语不多，更爱点头致意，但点头时头上的簪花发出窸窣的响声，像是替她们说了想说的话。

风温热起来，扑到脸上，痒痒的，像带着远方的沙。各种声音也突然多了起来。家里人推着自行车进进出出小院的声音也变得比冬天更清脆了，不仅是丁零零的铃声，车轮转动时辐条反射的光芒好像也能发出声音。人们大声打着招呼，兴高采烈地挥动锅铲炒勺，锅里咕嘟咕嘟地冒着热气。院墙外开始传来"卖豆腐喽""谁买香水梨啊""香瓜啦，又甜又脆的香瓜"的叫卖声，以及各种零零散散的叫

卖声、吆喝声，邻居两口子吵架的声音，大人骂孩子的声音。

不知什么时候，热热闹闹的声音又渐渐淡了下去，秋风渐起，门外的煤车停在那里，大人们用扁担挑着竹筐往仓房里运送。花草被搬进了屋里，取而代之的是靠着墙根儿码放得整整齐齐的大白菜。小院终于宽敞了些，却也因少了色彩而黯淡下来。唯一热闹的一天，院子里摆着桌子，锅里烧着开水，墙角晒了几天的白菜已经蔫了叶子，大人们掰去外面的老叶，再把白菜一棵一棵洗净，用锅里的开水把洗净的白菜烫一下，然后一层一层地将它们码放在一个大大的陶缸里，最后在上面压上一块大石头。再过一个月，就有酸爽可口的酸菜吃了。

吃上酸菜，天气也就彻底寒冷了，小院愈发空旷起来，不久就被突如其来的一场大雪覆盖。早上起来，开门上学，一不小心，手就会被木门上的铁插销粘住，撕下一层皮来。当然，窗户缝也早早糊上了报纸裁成的细条，玻璃也蒙上了塑料布，等待着更加寒冷的日子。

总觉得这一年和下一年缓慢绵延，每一天的小院和前一天似乎没有什么不同。虽然等到这一个四季走完，等到第二年再次站在屋檐下看冰溜融化，时钟实在是要走很远很远的路，人们要过很多很多个日夜，要看着小院的木门开开合合很多次，但我总是觉得昨天和今天真没有什么不同，谁也记不住昨天说了哪些话，前天见了哪些人。小院每天清晨都在爷爷的咳嗽声中醒来，今天和昨天的声音也没有什么不同。

13 爷爷

从我有记忆开始，爷爷就是一个老头，和小城里所有的老头没什么两样。到底该怎么描述他，我想了很久，也没想好。

就比如，我想说有一个17岁的少年，离开一个满树梨花开放的村庄，在乱世里闯荡出八十几年的人生，这就是爷爷的传奇故事。但这话说着我自己都想笑，我无论如何也拼凑不出这个少年一生中那些真实的细节。

不过，既然说到梨花开放的村庄，我就不能不承认这是我想象出来的场景，是因为受多年后一个女歌手的名为《梨花又开放》歌词的启发——

忘不了故乡年年梨花放
染白了山冈我的小村庄
妈妈坐在梨树下纺车嗡嗡响
我爬上梨树枝闻那梨花香
摇摇洁白的树枝
花雨漫天飞扬
落在妈妈头上
飘在纺车上
给我幸福的故乡
永生难忘
永生永世我不能忘

重返了故乡

梨花又开放

……

因为作为一个普通老头的爷爷，一直念叨着一个地名：吉林
梨树。

所以，我从小就知道，梨树是故乡。

话题还得从头说，在我的想象中，一个17岁的少年，离开故乡的
那天，有梨花或雪花在头顶飘落，一袭单薄的衣裳，手中简单的行
囊，从此渐行渐远，梨树只能在梦中，乱离人在乱世，就只能随着乱
世奔着命去。关内的人逃向关外，关外的人逃向塞外，带着绝望走向
希望，这个希望破灭了就走向下一个希望。

最后给了他希望的这个地方，叫作白音太来。

好多年以后，我在老眼昏花中查了史书。书上说从清朝末年开
始，这里的蒙古王爷们欠了很多债，实在还不上了，他们就请求清廷
开放领地让汉人来垦荒。一片片蒙古人的领地向汉人开放，直到清朝
结束、民国开启。白音太来这个地方，就在民国元年刚刚开放的"巴
林爱新荒"。

从1912年领地开放到他来到这里的那个1929年，中间恰好17年，
而这正是他当时来这里的年龄，不知是不是冥冥之中的缘分。

那时的我自然无从知道这些，爷爷想来也不十分清楚这段历史。
他只是告诉我，当年，他初来乍到的这个地方，叫作"白音太来"。

白音太来是蒙古语的发音，翻译成汉语是什么意思我不知道，我
用自己的语言把它翻译成了"否极泰来"，就当这个名字是给予希望
和祝福吧。

当爷爷出现在我的生命中，或者应该说当我出现在他的生命中的
时候，他已逾古稀，曾经的少年成了一个子孙绕膝的老人，而白音太
来那个小镇也已经车水马龙，日益显露出城市的模样，称谓也已被一

个更加气派的汉语名字取代。

爷爷从没讲过他离开故乡的情景，也从没说过过去几十年的事情，他对过往只字不提，就好像他的一生波澜不惊，生来就是我见到他时那么老了，仿佛小城就是他的本来之地，他从来没有离开过故乡。

房前屋后没有梨树，他却在小院栽满了石榴、柳桃。

某一个晨光温暖的上午，我和爷爷躺在炕上，窗外是石榴花火红的小灯笼一闪一闪，柳桃花粉的、白的花瓣摇摇晃晃。爷爷的大手伸出来，我的小手也伸出来。一次次伸出来又藏回去，每一次都不停变换着手指，苍老清脆的声音混杂在一起："哥俩好啊，五魁首啊，六六六啊！"我们大声说着，叫着，笑着，爷爷耐心地看我把手指数出一个正确的数目，再重来。"七"要捏紧前三个指头，"八"像打手枪，"九"是个小钩子，"十"要攥起拳头。虽说是划拳，但更像师傅在传授手艺。花白的胡茬在晨光中有些闪亮，好像要把我带进烟雾缭绕、酒气嘈杂的饭馆。

饭馆是爷爷呆了大半辈子的地方。他从学徒开始，一步步成了一个红白两案都玩得转的厨师。红案是肉菜，白案是面食。从我记事起，他已从国营饭店退休，所以我没见过他在后厨忙碌的样子，只能从日常三餐中看出一些端倪。过年的时候爷爷会做拿手的浇汁鱼、锅包肉，平常包饺子两手一扣一捏就是一个，眨眼工夫就能包好满满一案板。

可是实际上，我特别希望他不是一个厨师。

那时候歌里唱的是"八月十五月儿圆呀，爷爷给我打月饼呀。爷爷是个老红军啊，月饼打得圆又大呀"。我的爷爷会包饺子、蒸包子、灌血肠，会做很多很多的菜，就是不会打月饼。不过不会打月饼不是重点，重点是，我特别希望他是一个老红军，因为那时有那么多激荡人心的红军故事，可他就是个厨师，从17岁开始学艺，做了一辈子的厨师。

好吧，厨师。那么，他一直在饭馆工作，有没有可能给地下党传递情报什么的？居然也没有，爷爷说他从来不认识地下党。不认识地下党，认识青年学生吗？"五四运动"的时候，总应该上街振臂高呼一下吧？可我后来学了历史，知道"五四运动"发生在1919年，推算起来爷爷那时候才七岁。

我不知道爷爷七岁的时候在做什么。他的爸爸妈妈是做什么的，疼不疼爱他，他见没见过他的爷爷，他的爷爷是做什么的，这些我都不知道。

我只知道冬天里每个寒冷的日子，我从外面疯玩着回来，爷爷就会把我抱到炕头，把鞋倒扣过来放到火墙上烤。然后掀起他的棉袄，把我的脚丫放到他怀里贴着胸口焐着。再用他那双粗糙的大手攥紧我的小手搓来搓去，不时放到嘴前哈几口哈气，然后唠叨着："这天也太冷了，看把我大孙女冻的。"

屋内灯光明亮，满是窗花的玻璃外北风呼啸。

"爷爷，咱们家有家谱吗？"手在爷爷的大手心里，脚丫在爷爷的胸口，嘴上却闲不住。

"家谱？过去有钱人家才有，咱们穷苦人家哪有那东西，知道个名姓就不错了。"爷爷还在搓着我的手。

"没有家谱？那怎么证明我们是从哪儿来的啊？说不定我们是李白的后代呢。说不定我们是李世民的后代呢。"

"那可真不知道喽，等你长大了，有学问了，好好查查。"

说着话，爷爷系上那件大大的黑色皮围裙要去灌血肠了，这时候他那厨师的样子就出来了。

老屋进门就是厨房，爷爷已经把猪血和淀粉调料和好了，盆就放在灶台上，爷爷用一个打碎了的酒瓶口对准肠衣口，然后用筷子把馅一点点塞进去。我自告奋勇帮爷爷扶着肠衣和瓶口，递给他系肠衣的棉线。肠衣上沾满了油，滑腻腻的，棉线就在手边，不用爷爷下指令，我也知道什么时候需要做什么。我们在厨房里静默地做着这些，屋门上面的窗子里射进来一束光，长长的一条，斜打在灶台上，折射在墙角，拉长了岁月的影子。

既然没有家谱，我的家族史就此只能起始于一个厨师，我的爷爷。那个17岁离开家乡的少年，终究闯过那个乱世，不问来路，却创造了自己的历史。

他当然一直是那个乱世的亲历者，但似乎总生活在边缘，历史的波浪仿佛隔着很远轻轻地推着他，他却永远不去追着潮流，更不曾站到潮流顶端。1911年的辛亥革命，他还没有出生；1919年的"五四运动"，他不过7岁；1932年，奉天柳条湖的南满铁路应该会途经小城，然而东北沦陷，他既没有随着张少帅撤到关内，也没有投入抗联的队伍做一回英雄，那一年他大概只是在白音太来的一个小饭馆里当着学徒。生活总要继续，日本人也好，白俄也好，伪满也罢，人总要活着，活着就要吃饭，能吃上饭这世界上也就没什么难事了。

历史书记载的那些轰轰烈烈、慨当以慷的英雄事迹与这个平凡的厨师似乎没有什么关系。

但实际上，那么多个被他沉默不语略过去的年头里，他总应该见到过一些形色各异的人，经历了一些悲欢离合的事。至少，后来从长辈们聊天时的只言片语里，我听说他曾经有过一个弟弟死于冬天室内火炉的一氧化碳中毒；知道他在奶奶之前还有一个妻子，没能和他生下一儿半女却死于鼠疫；知道他曾有一个养子后来被原来的家人领走，很多年后他们曾见过一面并抱头痛哭；知道家里挂着的那四幅春夏秋冬图是当年他开饭馆时曾挂在店内的装饰……可他自己什么也没说起过，就好像他的一生波澜不惊，什么都没经历过，从出生直接就到了老年。

时光在他的身上一圈一圈地流转，照着他黑里透红的皮肤，照在他那因为谢顶而常年戴着的深蓝色干部帽上，也照在他那因为有一只眼睛坏掉而终日不摘的一副茶色眼镜上。这个普普通通的老人，脸盘方正，鼻直口阔，一双大手苍老得像街口那棵老柳树的皮，上面布满了大大小小的口子，为了减少疼痛，常常贴了一块又一块白色的胶布，在做活计的磨损中，胶布最初的白色渐渐变得黑灰，四周慢慢翻卷出黑边。

想起那天晚上，我想在奶奶家的炕上睡，奶奶说："可不行，小孩子睡觉打把式，我睡不着。"爷爷却说："就让她睡呗，挨着我。"爷爷的棉袄没有扣子，是两条粘带，我到现在也不知道那叫什么，总之刺啦一声就全都拉开了。爷爷脱好衣裤，整齐地叠好放到脚底，拉上被子，盖到下巴底下，伸出胳膊，关灯，睡觉。我缠着让爷爷讲故事。"爷爷没读过书，肚子里哪来的故事。""讲你自己的故事嘛！""我有什么故事？我一个厨子。"

"你不是支前模范吗？能耐得都上前线抬担架了！"奶奶呵呵地笑。

"支前是什么？"

"你小孩子问这个干什么，说了你也不懂。"爷爷仍然平躺在那里不动声色，闭着的眼里似有点点笑意溢出来。

支前？织钱？钱也可以编织吗？果然不懂，爷爷说长大了就懂了。

长大还是很遥远的事。

我愿意做爷爷的小尾巴，走到哪里都跟着，磕磕绊绊地在他后面给满院的花草浇水。

看着爷爷生吃大蒜，我也逞强要吃。爷爷顺手剥了一小瓣放到我嘴里，哈哈笑着看我辣得满脸通红。

等着爷爷把土豆放到炉膛里烤好，剥了皮，在手里倒来倒去吹得凉一些掰成小块喂到我嘴里。

喜欢吃爷爷做的包子，有肉馅的、芹菜馅的，不过我却觉得再好的肉馅都没有被馅里的油浸过的包子皮好吃。小小地咬开一个口，把馅扒拉出来，先吃下去，然后留下皮可以慢慢享用。偏偏还没来得及吃完就被爷爷发现了，却只是爱抚地摸摸我的头："这小丫，嘴馋哦，光吃馅不吃皮。""谁说的，我爱吃皮，我还没舍得吃皮呢！""哈哈，不光嘴馋，还嘴硬！"爷爷说着又夹了一个包子放到我的碗里，用筷子拨开了皮，把馅留下，自己夹走了皮。

上小学了，同学们都玩跳皮筋。爷爷到仓房翻出一个旧的自行车轮胎，一圈一圈剪出长长宽宽的一条递给我。所以，就算我皮筋跳得再差，也会有同学缠着我玩，因为我有全班唯一一条没有接头的又长又宽又好跳的皮筋。

我又突发奇想要和同学学习织毛线，没有针，就拿两根铅笔缠了棉线坐在爷爷家炕边比画。爷爷出去了又转回来，手里变出两根竹针，"你二姑在家做姑娘时使的"。

……

那些个晨昏冬夏，那个小城，那个小院，有一个老人，一个做了一辈子厨师的我的爷爷。

温柔的风，沉闷的风，寒冷的风，凛冽的风，夹着风沙雨雪的风，吹过小城，吹进北市场后面的小院，吹在爷爷的脸庞上。没有人问过他心里想些什么，也没人在意他有哪些爱好。小院里到处都是他的影子，每天他在小院进进出出，好像总有用不完的力气，一会儿侍弄花草，一会儿扫扫院子，雨季来临前蹬着梯子到屋顶铺好油毡，冬天没到就张罗去拉煤。爷爷有时也拉下脸来训人，姑姑们做的菜味道不对，买来的肉肥膘太少不容易出油，都是挨他批评的原因。

爸爸说，当年参加中考，他原本报了一所普通中学，后来因为遭到同学鄙视，出于赌气才报了市重点。考完后就疯跑着玩去了，爷爷却每天一次跑去学校门口看发榜，直到看到爸爸的名字出现在红榜上："我儿行！"三个字反反复复地说了一遍又一遍，高兴得像个孩子。

最小的姑姑出嫁了，姑父是军人，在我们当地转业安置了，婆家在贵州。两人选择旅行结婚，一路到南方。几天后姑姑来信说婆家村里还没通电，爷爷听人念了信，眼圈红了："啥地方啊，都这年代了还不通电，我老丫头受苦啊。"然后每天坐立不安，直到姑姑度完蜜月回来，一进门，东西还没放好，爷爷搓着手："老丫头想吃啥？爸给你做去。"

奶奶爱看纸牌，爷爷每天吃过早饭就去邻居家张罗："上我家玩牌去，新买的上好茶叶。"他也爱玩牌，但牌技不好总被奶奶骂，于是就负责端茶倒水看热闹，到了饭点去做饭。

这个普通的老头唯一有些与众不同的地方，是他的眼睛里大概没有色彩——爷爷是个色盲。

这个秘密是通过一些像是玩笑的对话被悄悄发现的。爷爷家的小院有两棵柳桃树，一棵开白花，一棵开粉花，这是连小孩子都能看明白的事，可是当外人问起爷爷，家里最高的那棵柳桃开什么花时，他居然回答人家"绿的"！还有一次，我穿了一件粉色的新裙子给他看，他竟然说和我头一天穿的差不多，而我在那之前穿的明明是件白色的裙子呀！

就是这么一双可怜的眼睛，还有一只失明了。那是他60多岁的时候，在一次抓猪的过程中被全力反抗的猪顶到墙角，右眼被树枝刮伤了。一夜泪流不止，天亮了，泪止住了，那只眼睛却什么也看不见了。家里人为他配了副茶色水晶眼镜，他的世界从此又多了茶色。

这是一副形式远大于内容的眼镜。厚实粗笨的镜框，泛着历经多年已经无法洗净的油光，以及似乎能吸收一切光线的镜片。茶色到底是种什么颜色？我曾试着透过装满茶水的玻璃杯向外看去，昏暗、模糊，所有的事物都失去了它的形状，失去了它的边际。

失去了颜色的爷爷最爱的是种花，各色各样的花，他对花鉴赏的唯一标准就是花开得大且多、繁且密。所以，一到春天，小院里的花开得嚣张、肆意，热闹喧嚣。

或许，他就是满心欢喜地想看见这世界满满都是热闹，他工作在客流不断、人声嘈杂的饭店，他的舞台在永远热火朝天的厨房，他的小院里塞满了花，到了夏季的晚上，再把袁阔成、单田芳的长篇评书连续广播的声音开到最大。

他爱看热闹，却不怎么参与热闹，就如同一个戏迷，爱看舞台上的悲欢离合、人来人往，爱人间烟火、凡事俗情，但自己却是不参与的、拘谨的，就如同在京剧名角身边的票友，自己是开不了口的。

他开心地招呼着每一个人，照顾着每一个人，希望所有的人都满意、开心，别人高兴了他也就高兴了。他微张着手，在小院里进进出出，琢磨着哪里应该再拾掇拾掇，警觉地注意着儿孙们生活、工作、家庭的每一丝风吹草动，习惯性地照顾好老伴的一切饮食起居，就像一个护群的老母鸡。

谁也没想到，这个守护小院一辈子的"老母鸡"有一阵突然想离开小院了——那几年，爷爷念叨了几次，想回梨树看看。奶奶不让，回去也尽是些穷亲戚！姑姑们也不放心，那么大年纪出远门，哪里受得了，火车上劳顿，下车要是见了亲人过度激动就更危险了。爸爸是唯一表示支持的，但是劝爷爷等待时机，等方便的时候他请上几天长假陪他一起回去。

那天，爷爷和奶奶拌了几句嘴。爷爷就像个孩子似的，委屈地嘟囔说："我都活了80多岁了，早就知足了，早活够了。该见的都见了，该得的都得了。"

他开始坐在院门前发呆，在那个太阳落山的夏日傍晚，一个人坐在那里很久很久。那一刻的风应该是温柔的，夕阳照着他的脸庞，每一道皱纹都有了暗影，茶色镜片后的眼睛里看不出任何悲喜。

回梨树的事情在后来很长时间里没有人再提及，奶奶依然和邻居打着纸牌，儿女们上班的上班，出嫁的出嫁，我也每天上学放学、做功课、上课外班。这个被历史一直推动着的无奈老人仿佛被时间遗忘了，被世界遗忘了。

直到很多年以后的一天，我打开地图，梨树距离小院240公里，也就是几个小时的车程。

爷爷却用了将近70年的时间也没能走回去。

很多次，我的眼前又出现爷爷一个人静静地坐在小院门前的背影，这让我不禁怀念多年前那些太阳将落的时候，我和他静静地坐在街上看小城行人往来，与老邻居闲聊的日子。

14 在街上

街是正街，小城最繁华的街。

小城的最高建筑——两层百货大楼是这里的地标，人们说逛街，基本就是逛这里了。人们说的"走啊，去大百呀"，就是来这里，这个大是"一"的意思，因为还有二百、三百，一直到五百，小城那时就已经有五个百货商店了，分布在不同的街道。有时候人们也会说"我们家住大楼后头"，或者说"我三姨在大楼上班""大楼今天上新货了"，这个"大楼"说的也是这个百货大楼，就好像小城再没有别的楼房了。

大百或者说大楼，是一个左右对称的建筑，正面中间看上去庄严得像年代剧里20世纪二三十年代的大礼堂，门楼高耸，上面用水泥浮雕出几个数字"1958"，有旗杆，常年插着一面红旗。下面是门洞，穿过门洞就是北市场了。两侧对称矗立着一列二层小楼，分别在左右两侧开门。也就是说，从东西两个门都可以进入大楼，两侧的建筑在二楼是贯通的。

迈上四五级台阶，从东门进去，就见到了五颜六色的糖果，大白兔奶糖是标配，本地糖果厂的大虾酥、花生轧、水果糖，以及红的、绿的、黄的、花的各色硬糖球，在玻璃柜台后面等着人去抓。最好的是稍靠左边一点的柜台里满满一柜子的棉花软糖，包成了金鱼、青蛙的模样，大大的一颗，看着就满足，根本舍不得吃。有一年，这里居然卖一种小猴爬竿的糖，糖是各种颜色鲜艳的小糖粒，稀奇的是装糖粒的包装外面，是一只可以上下活动的小猴。我喜欢在这一层晃荡，不是嘴馋想吃那些糖块，而是眼睛馋了，喜欢看那些明丽的色彩，那些红色、黄色、绿色、蓝色的糖果，让我的眼睛舒服极了。

转过卖糖果的柜台，后面是卖麻花、烧饼的，我对那里兴趣不大，但是旁边就是通往二楼的楼梯，楼梯的扶手是一尺宽的黑色石面，边缘有着柔和的弧度，刚好适合"打滑梯"。我常常一个人从家中溜到这里，看了糖果，就顺着楼梯跑到二楼，然后从扶手上滑下来，周而复始，不知疲倦。

我总希望有什么稀奇的事发生，总盼着遇到不一样的人。然而，这大楼里终日人来人往，始终也没什么有趣的事情发生。楼梯滑腻了，上到二楼，都是服装、鞋子、床单、被罩……还没有一楼热闹。倒是可以顺着柜台后面的窗户看一眼外面，大街上的人和车小了很多，远远的，看不真切。

要是从西面的楼梯下来，就到了百货大楼的另一侧，这边卖的是花布。我陪妈妈来这儿买过几次布。服务员是妈妈的熟人，她一边和妈妈聊天，一边用尺子对准布一下一下量着，量到够了尺寸的地方，就用剪刀剪一个小口，然后双手一扯，刺啦一声，一匹布就分成了两部分，撕下来的那部分的边缘准是齐齐整整的，她利索地叠好递给妈妈。"有空过来呗。""嗯哪，下次再有这种促销的布记得告诉我一声啊。"

以百货大楼为中心，西边是个副食品店，东边是个药店。

副食品店建得很气派，虽然只有一层楼，但是地基很高，要上很多个台阶才能进到门口。人们管它叫大副食，听起来小城应该还有二副食、三副食，可我不知道它们在什么位置，倒是听说有一个四副食就在银行东边的路口。大副食卖的都是好吃的，酱牛肉、烀肘子、五香猪蹄、炒花生米、炸小黄花鱼……也卖水果，夏天是苹果、鸭梨、香瓜、西瓜，冬天就卖冻柿子和冻秋梨。

冻秋梨看着黑不溜秋的，一大坨冰碴儿，让人一点食欲也没有。可是要把它们放在脸盆里用凉水拔一拔，等冰碴拔掉了，真正放在嘴里了，那就立刻吃了一个还想下一个了。因为只要咬上一口，黑皮下就会出现雪白的果肉，那个甘甜啊，从喉咙经过食道一直到胃里的每一毫米的地方都舒服极了。

和冻秋梨这种让人痛快淋漓、透心凉的感觉完全不同的，还有一种显得有些温吞吞的水果。那是那年夏天，只有那么一个夏天，大副食居然在卖那种之前只在看图识字卡片上见到的水果——香蕉！不过和卡片上画的不太一样，没有那么金黄，而是暗淡发黑，有点蔫头耷脑的感觉，比想象中的要小，软塌塌的，感觉一捏就要烂了。

我有些失望，也带些好奇："这就是香蕉啊……"

妈妈停下来看了我大概有三秒钟，突然就走上柜台："给我来……一根香蕉，对，就一根吧，这香蕉看着可不怎么好，是不是运输时间太长变坏了？所以就只要一根吧，给孩子尝尝就行了。"

妈妈看着我吃完："好吃吗？"

"嗯！"

"什么味道？"

"我不知道该怎么说，反正，和之前吃过的所有水果都不一样！软的，滑的，腻腻的……"

食品店里的各种香气，不等迈过大楼就消散了，随之而来的突然就成了苦味——因为旁边是一家药店。有时我想，之所以把大百放在大副食和药店的中间，一定是为了隔开这两种截然不同的味道，不然苦的不苦，甜的不甜，世界就乱套了。

药店的苦味是真苦，远远超过副食店的香甜。

药店很大，大概是当时方圆几百里最大的药店了。离得很远就能闻到那种扑鼻的药味，一点儿也不好闻，但是摆脱不掉。它有两个高高在上的大门，和大副食一样要上几级台阶才行。东门进去药味最浓，这边都是中药。一个个小方盒子，摆满了几面墙，店内中间还是柜台，柜台里也全是装药的盒子。另外，还有几个玻璃封起来的大柜子，像后来去过的展览馆，里面像放展品一样，放着装了蛇的黄色大玻璃瓶、黑色的穿山甲标本、画着老虎或者蝎子的卡片，以及各种像骨头、像树枝一样叫不出名字的奇怪东西。

甚至，在药店的窗户里，还放了一只小小的梅花鹿的标本。等一下，这梅花鹿也许是放在一进门的入口那里了。不对，好像应该是在药店正中央的位置。写到这里，我忽然有些恍惚，那只小鹿在我的记忆里实在印象深刻，每次见到它，我都想带它回家，总觉得它随时会活动起双腿，驮着我飞奔。很多年里，那只小鹿几乎成了那个药店的象征，带着那家药店特有的气味和说不清道不明的感觉，住在我的记忆里。为什么现在当我想回忆起它当时的确切位置，却变得如此艰难？或许，门口有一只，橱窗里有一只，药店的正中间也有一只吧。不过，我更愿意相信，那只漂亮的小小的梅花鹿会在每一个夜晚醒来，选择一个它愿意出现的位置重新站立，无论是门口、药房中间还是橱窗里，只要它愿意，它就会出现在那里。

药店就像东西半球一样泾渭分明，无论小鹿当年出现在哪里，它肯定不会在药店的西半部，因为那里是一盒一盒的西药片，也是我最常去的地方——奶奶总要我帮她买去痛片，还有安乃近。奶奶说："去，给奶奶买两盒去痛片，要双鱼牌的。"两盒，就是两块橡皮那样大的小盒子，淡蓝色的，上面有两条鱼的标志。里面装着又扁又圆的药片，差不多有一分钱硬币那么大，五个硬币摞起来那么厚。仔细看，药片上面也刻着两条鱼的标志。奶奶每次只能吃半片或者四分之一，所以两盒可以维持一段时间了。至于安乃近，奶奶的东北话说不好这个词，她每次都说："去给奶奶买点nannaijin。"这让我很多年都以为这个药是想说"难哪，哪都难进"！

可不是难进吗？从我家小院去那个药店，要经过一条小巷，从药店的东侧穿过到正街才能进门。药店的东侧和它的正门简直不像同一个建筑，正面热热闹闹的人群，扑鼻而来的药味，尽管很苦，久了也就习惯了，甚至成了它热闹的一部分。可这个侧面却大不一样，深灰色的东墙不动声色地矗立在那，脖子都仰酸了才能看到一个尖尖的屋顶，只在屋顶下正中的位置有一扇很小的窗。这种房子侧面的墙，我们通常都叫它"房山"，这个房子的房山可真是名副其实像山一样啊，把所有的光线都挡住了，只剩下阵阵阴冷的风。白天见不到太

阳，夜晚看不到路灯，那尖尖的屋顶高得吓人，那小小的窗户后面是不是有一个红衣的女鬼或是白衣的无常，我从来都不敢抬头看。可它却是我从小院通往大街的必经之路，逃无可逃。

偏偏它对面是一个小小的铁皮房子，一个修自行车的棚子。每次当我撒腿"逃命"的时候，都会听到风吹在铁皮房子上哗啦啦的响动，挂在铁皮房外面的自行车圈磕打着铁皮当当当的响动，让害怕的心情急剧升级。

即便这样，我就像染了烟瘾的老家伙——明明担心烟会侵蚀肺，却还是忍不住一根接一根地把烟吸到肚子里——我一次次强忍着害怕，飞快地经过药店的东房山，跑到街上。

因为我实在是喜欢在大街上游荡，从大百逛到大副食，再逛回药店门口。玩玩大百的"滑梯"，看看大副食的美味，最主要还是看人。

不同的人，男人、女人、小孩，老的、少的、年幼的。看他们穿着不同的衣服，用不同的姿势走路，说着不同的话，都是非常有趣的事。吵架的事偶尔也有，通常遇到了我会迅速离开，我害怕看到那种剑拔弩张，甚至血肉横飞的场面。

我喜欢一个人走在街上，太阳在头顶上晃悠，我在马路旁晃悠，旁边是不停骑过的自行车以及偶尔驶过的汽车，商店里传来叫卖声，以及"我家住在黄土高坡"的嘶吼着的歌声，它们与我无关，又好像彻底包围了我，难分彼此。我双手插在裤兜，摇摇晃晃地走，觉得自己不可一世的样子一定非常棒。有时我甚至羡慕那些乞丐，我觉得他们不仅可以在最热闹的街上晒太阳，还可以想去哪里就去哪里，走到很远很远的地方看不同的人、不同的景。我真想做一个小乞丐，就此云游一生。

只要不是给奶奶买药，我轻易不进药店里面逛，尽管那小鹿的眼神里常常流露出很想让我常去的样子，但那里的药味实在太呛了。不过，药店除了有两个白天开的大门之外，还有一处夜间开的窗户。窗户很高，旁边有一个铃铛，晚上有急需药的人，摇摇那个铃铛，窗子里就会有人把脑袋探出来。这个窗户的好处在于它的下面也有几层水泥台阶，干干净净的，刚好适合坐在那里看着街景发呆。

傍晚的时候，爷爷和老邻居常来药店，他们就坐在那里聊天，好似面前的车来车往根本不存在。他们有一句没一句的，有时候突然就笑了，有时候又一起沉默，有人抽烟，那种老式的烟袋，烟锅里的火星忽明忽灭，映衬天边的斜阳。

有时候，坐在这里的收获比在商店、副食店里闲逛还要大。

就像那次，我看到三个穿着蒙古袍的人进了药店，那是真的蒙古袍，不是电视里唱歌跳舞的那些人穿的，因为袍子的颜色都不那么鲜艳了，腰间的带子缠得也很随意，两个男人一个女人，他们肤色黑红，又高又壮，说着我听不懂的话，从我的眼前经过。我特别想知道他们是不是骑马而来，他们住的蒙古包有多大，他们的草原是不是像歌里唱的那样远在天边。

最离奇的是有一次我居然看到一队骆驼，浩浩荡荡、大摇大摆地从我的面前经过。驼队前面有一个人牵着骆驼，还有两三个人骑在中间的几头骆驼上。那是在一个很热的夏天，一个太阳高挂的中午，柏油路都晒得软塌塌的了，街上几乎没有什么人，也恰好没有汽车经过。一瞬间，好像全世界只剩下了眼前的他们，慢悠悠地一步三摇地在我面前经过，闲庭信步。我一眼不眨地看着，惊奇这个似乎只在遥远的古代、遥远的西域存在的场景，究竟从何处进入我的视野，又将消失到何处。那情景是那样不真实，以至于此后很多年我都怀疑那只是我在太阳底下做的一个梦。

写到这里，我忽然感到一股神秘的力量，童年那些游荡的地方似乎是一种人生的暗示：百货商店里的糖，甜腻美好，就像不识愁滋味的童年一样五彩斑斓；再上层楼或是再向前行，眼前尽是衣服、布匹以及副食店的吃食，多像中年为之终日不断的生计奔波；最终不免到了药店，好似晚年的病苦。甜酸苦辣，在一条街上展露无遗。而我只是一个喜欢在街上游荡的孩子，怀着梦游一般的心境企图发现一星半点儿不同寻常的热闹，轻松散淡得像个云游四方的小神仙。

15 巧遇"神仙"

那天傍晚，太阳将落未落，马路上的行人与往日无异，不多也不少，药店已经关门，厚重的木板已经挂上了窗棂。台阶上坐了一个人，远远看去黑乎乎的一团，与爷爷和邻居们保持了一定的距离。

我凑到爷爷身旁，躲在后面观察他。

黑色的头发乱糟糟的，像久梳不通的毡子，上面夹杂一些碎屑，一双不算小的眼睛黑黢黢的带着亮光，但俨然不算年轻，眼角周围已经布满了深深浅浅的纹路，每一个沟壑都像是灌满了风尘。满是胡茬的黑脸上反着油光，脖子里面更是油腻腻的漆黑一片，穿着一件看不出来里外的黑袄，领口磨得又黑又硬，隐约看到里面的圆领秋衣，完全看不出本来的颜色。黑袄没有扣子，用一根麻绳捆在腰间。他的左肩斜挎着一个军用水壶，右边腰间居然吊着一个小小的葫芦。是的，就是《八仙过海》里"铁拐李"用来装酒喝的那种葫芦！

他斜倚着身子靠在台阶上，好像只是走累了歇歇脚。

他看着街上的行人，我看着他腰间的葫芦。

他动了动身子，摘下水壶喝水。从他的另一侧身子边居然露出了一截磨得锃亮的木拐杖。拐杖？铁拐李？我低头看他的腿，天啊！我几乎要惊叫起来，他那肥肥大大的裤管下，显然有一个空了半截！

我又探出一点身子，想看个真切。爷爷却要回家了，"走喽，家去了"。爷爷拉着我的手，像往常一样回家。我脚下跟着爷爷迈步，眼睛却离不开他的葫芦、他的腿、他的拐杖。他终于注意到我，扬起头转身看我，冲我笑了一下，还伸出舌头做了个鬼脸。

这个世界有神仙吗？我相信有。每次我盯着天上的云彩出神的时候，都觉得那些云彩就是神仙幻化的，他们到处游荡，只给他们喜欢的人显形。更多的时候，他们都是躲在云层之后，纵酒放歌，优哉游哉。喝醉了酒就变成傍晚的彩霞，那些红的、紫的、橙的火烧云都是他们随心所欲涂抹的胭脂，他们舞之蹈之，变幻万千姿态，肆意把那些奇幻的光芒洒到人间的每一个角落。那天回家的路上，西边的天空就出现了这样的火烧云，爷爷的眉毛、胡茬都因此变了颜色，那身藏蓝色的中山装都镶了一层不可名状的红边。远处的房顶，近处的窗玻璃，随处都是温暖艳丽的反光。

光芒稍纵即逝。吃过晚饭，天色就暗了，周遭开始变得灰扑扑的。我望着窗外，神仙回家了吗？神仙只对他喜欢的人显露踪迹。

再一次见到他，是三天之后。

还是在那个台阶上，时间要再晚一点，我吃了晚饭一个人跑出来玩，他正仰着头斜靠在那儿，左胳膊肘支撑着身体，右手高高举着葫芦，使劲摇晃，仰头张着嘴巴，看样子是想要喝光葫芦里的最后一滴酒。天已经擦黑儿了，路灯渐次亮起。他收了葫芦，意犹未尽地咂巴咂巴嘴巴。

"小丫头，咋这么晚了还不回家？"我站在他的面前，他好像早就认识我了一样发问。

"你打哪儿来？"我并没有回答他的问题。

他摇摇头："我打哪儿来？我从可远可远的地方来。"

"那你来这儿做什么？"

"不做什么，什么也不用做，晒晒太阳，喝点小酒。"

"你……你是铁拐李吗？"我终于鼓起勇气问出那个问题，真担心他听后会突然消失。

哈哈哈哈！！！他笑得眼睛都看不见了，过了一会儿，笑声好不容易停了，睁开的眼睛里居然笑出了眼泪。"你……你这孩子啊，我？铁拐李？哈哈哈哈！"

"去，帮爷爷打点酒来。"他还在笑着，却把手伸进他那没有扣子的袄子里，掏了半天，掏出五毛钱递给我。"给爷爷打五毛钱酒来。"

打酒？我退后了两步，迟疑地看着他。

"小丫头，你看——"他指指自己的舌头，"这儿的馋虫出来喽！"又指了指自己的身上，"可是这儿……太埋汰了，去商店影响人家做生意。你帮我打一点酒来好不好？"

我终于听明白了，拿过了钱和葫芦，打了点散装白酒回来。我几乎是跑着去跑着回来的，生怕等我回来时他已经不见了。

谢天谢地，他还在，仍然保持着那个斜靠的姿势在等我。

星星出来了，他靠在那里一点一点地抿着酒，我坐在旁边看着他。许久，没有人说话。终于，他向我挥挥手："丫头，回家吧，晚了家人该惦记了。"见我不走，他收了葫芦，站了起来，挂着他的拐杖，一步一步走远了。

看着他一瘸一拐的背影，那个想法又涌了上来：神仙只对他喜欢的人显露踪影。

秋天把落叶都吹光了，冬天就来了，落雪的日子我就不在街上游逛了。直到又一个春天来临，当一场大风带着全世界沙漠里的沙子来到小城，一股脑儿地吹向楼房、街道、院落，吹得天昏地暗，吹得人躲在家里也会从嘴里吐出大口带着沙子的吐沫的那天，我再一次见到了他。

像是从天而降，又像是被冬天的积雪掩埋后又被大风吹散了的那些覆盖物又显露出来。当街上经过那场大风之后归于静默，到处都铺满了厚土的时候，他就那么挂着拐杖，在一片昏黄之中，从我的面前缓缓走过。

我揉了揉眼睛，没错，真的是他。

"哎！你——"我跑了两步追上他。

他闻声回头，竟然还认得我："哦，小丫头，又见面了。长高喽！"

"你去哪儿了？"

"我回了趟老家。"

"你老家在哪儿？"

"很远，我老家离这儿很远。"

他抬起拐杖，指指前面的台阶，"坐会儿"。

我们一起坐了下来，他还是那身装扮，只是颜色更暗淡，磨损得更破败了。斜挎的军用水壶、腰间的葫芦都在。

见我一直盯着他看，他稍稍挪了下身子，离我远了一点，指指自己的衣服，"老也没机会洗澡，馊了"。

我低头抻起自己的衣领子使劲嗅了嗅："我的没馊，就是有股沙子味。"

我的话把他逗笑了："你这个小丫头啊！对了，丫头，你家住这跟前？""嗯，就在街后面。""能不能回家取点你妈妈做活的钏线？"

虽然不知道他要针线做什么，我还是非常愿意为他做点什么。

就着路灯昏黄的光线，他一针一线地缝补起自己的衣服，眯着眼睛，尽管仔细，却难免针脚粗大。把衣服开线的地方连缀好之后，他又掏出一个小小的口袋，那里面装着一个用塑料包裹的小本子，他捏了捏，然后又小心翼翼地放回口袋，又把口袋开线的地方仔细地缝了起来。街上行人原本不多，此时在这个根本没人注意到的角落，时间虽不曾停止，却像狂风过后缓慢堆积的沙，静默得不动声色，一点点随着路灯的光线扫过他，以及他身旁的我。

那之后很多天里，我隔三岔五就在街头见到他。有时是在北市场熙熙攘攘的人群中，有时是在僻静的街角。有几次我看见他给人算卦，高高地抛出几枚铜钱，等着落地后排列出不同的组合。然后他开始念念有词说出一堆解卦的话语，算的人频频点头，然后心悦诚服地掏钱给他。

我们之间像是形成了一种默契，常在街边那个药店的台阶上见面，像他那次说的那样——坐会儿。我也渐渐习惯了帮他把葫芦打满酒，然后看着他滋儿滋儿地喝着。

有一次，他竟然主动说起了"八仙过海"的故事。他说他知道那故事，"铁拐李"神通广大，他可不行，他空有铁拐李的拐，可没有人家上天入地、渡海成仙的本事。不过，他又说："可是做神仙啊，也不是那么难，万事不留莫挂心头，两袖清风天地游走，就算餐风饮雪也是神仙啊。"

他的话，我听不太懂，只是看着他那陶醉在酒中的神情，好像周遭的一切都与他无关，觉得他和身边所有的人都不太一样。

最后一次见他是在寒意渐起的深秋。他还是那样的装扮，还是那样悠然自得的神情。喝光了葫芦里的最后一滴酒后，他对我说："丫头，想不想知道将来的事？"我使劲儿点头。他笑了，眼神中有一种遥远的东西："凡人畏果，菩萨畏因。人人都想问问将来，却不问问自己种了什么因。"

他知道我听不懂，那些话好像压根儿就不是对我说的，出了一会儿神，他才又对我说："你信我的，你这么好心眼儿的小丫头，将来一定错不了。好好读书，赶明儿个上学了，大好的前程等着你呢。到你十八岁那天，中午十二点，我再给你好好摆上一卦。"

那天以后，这个人就彻底在我的生命中消失了。无论我多少次回到那个台阶，也无论我怎么走遍小城的闹市和街角。我想，他一定是等待着要到我十八岁那天再从天而降。

那年的冬天特别冷，连着下了十几天的雪。据说远处草原上白毛风不断，不少地方遭了白灾，冻死了很多牛羊。城市里的交通都中断了，中小学甚至提前放了寒假。有一天晚上，我正把自己蒙在被子里，和我的玩具不倒翁说着悄悄话时，听到爸爸妈妈在议论一件报纸上刊登的新闻：在城边的大路上，发现了一个冻死的老人。当人们以为就是一个普通的流浪汉时，有人却在他的怀里发现了一个伤残证，竟然是参加过三大战役的老兵。政府有关部门根据伤残证上的信息一层层核查，才知道这个人的老家是离这里很远的一个旗县的，家里还有个儿子，儿媳不愿意养他，所以他就四处游荡。听说他也不乞讨，因为懂《易经》所以有时给人起个卦、算个命啥的，赚点吃饭喝酒的钱……

窗外的风夹着雪花拍打着玻璃，爸爸拉灭了灯，我一个人在黑夜里想象着外面的天寒地冻，依然期待着我十八岁的那一天，有个不是铁拐李的神仙拄着拐杖喝着葫芦里的小酒从天而降。

16 从天而降

冬雪夏雨,从天而降,在大地之上轮回不息。

我喜欢那时的雪,挥挥洒洒,扑面而来。很多次,我站在昏暗的路灯下,抬头仰望,天空幽静深邃,不发一言,只有细碎的雪花飘然落下,丝丝清凉,落到睫毛上,落到肩膀上,落到手心里。天上的雪,地上的雪,反射着路灯的光芒,光芒闪烁中远远传来母亲唤我回家的声音。

也喜欢那些夏日午后突如其来的阵雨,噼噼啪啪一阵紧似一阵,敲打在窗户玻璃上,让人措手不及。地上的尘土被溅起来了,带着一股大地的味道,将闷热的空气瞬间稀释,沿着没来得及关严的窗户缝隙钻进人的鼻孔。

还有傍晚时分的暴雨,真就像有人拿着巨大的盛满了雨水的盆,一盆一盆地泼向大地,力大无比,吹着口哨,带着一些愤怒或是兴奋,一口气儿就那么不停地泼洒下去。直到筋疲力尽泼不动,就戛然而止。然后又像安慰大地上的人们一样,讨好般再挂出一道彩虹。彩虹映衬着地面上齐膝深的水,哗啦啦地流向马路边的排水沟里。路口变得嘈杂起来,人们高高挽着裤管,推着自行车,车筐里是装在塑料袋里的背包、为做晚饭准备的蔬菜,它们还在滴答地落着意犹未尽的水滴。有兴奋如我的小孩子,跳着脚指着东边天空那道绚丽斑斓的彩桥大叫:"看啊,彩虹!彩虹!"

没有雨雪的大多日子,如果抬头看那天空,它都是笑而不语,显得那样坦荡纯真,反正一切都不由它做主。实际上,它却无时无刻不体现着大自然的喜怒哀乐。它任意涂抹、游戏，以彩云、日光、月晕，搭配或明或暗的蓝色背景，用雨、雪、雷、电来表现个性，或柔或刚，恣肆汪洋。

　　不过，这些显然还不够。似乎要衬托那些雨后的快乐有多么短暂和虚幻，也可能是它格外偏爱或是憎恨那一方水土，在小城以及周遭包括幺屯在内的大片地方，从天而降的，除了雨雪，还有沙——那种被巨大的风所裹挟着的、从天而降的沙。那是些令天地变色，让人逃无可逃的沙。

　　沙随风而来。

　　"大风天，刮大风，呼啦啦，一阵大风刮过来，哗啦啦，墙倒树歪乱了套。"老人讲故事，有这么一个"乱了套"的开场白。

　　"星期天的早上白茫茫，捡破烂的老头排成行，队长一指挥，冲上垃圾堆，破鞋烂袜子捡了一大堆。来了一阵风，呼——刮了个满天飞！"在满街跑的孩童大声唱的童谣里，有这么一首"满天飞"的唱词。

　　刮风实在不算什么，没风还叫日子？风分东南西北，东南风最轻柔，几乎可以忽略不计。只有从西北一路吹过来的，才算是真正的大风。冬天的大地光秃秃的，再大的风除了带来寒冷，吹起一些积雪，也没什么好说的。夏天四野皆绿，草树都扎下根了，风也翻不起什么大浪。风就只在春秋显威风。人们怎么说来着？我们那儿啊，一年只刮两天风，一天是春天，一天是秋天。

　　风先是试探着，在街角卷起点纸屑、木棍，一点一点地，蔓延到街上，碰到什么就划拉点什么，抱起来就往天上走，树叶、树枝、塑料袋，能抱多高就抱多高，实在抱不动了就撒手。它们纷纷扬扬落下来后，风又不甘心，于是再努力吹吹，它们果然就又飘起来了。漫天的风啊、沙尘啊、碎屑啊在空中起伏，飘过北市场，飘过百货大楼，飘过副食店，也飘过每一个热气腾腾的小院，一直飘到城外，飘到幺屯附近那大片无人的野外。它们自得其乐，不愿意分享给人间看，所

以就尽情闹腾得大一点，再多卷些土粒，蒙住所有人的眼睛，逼人们躲回他们的房子里。

这回可以来点大动静了，石块、瓦砾、沙土，全部上场，搅成一碗巨大的"黑米粥"，遮住太阳，快速旋转，裹挟的东西也都瞬间变得法力无边、勇往直前，理直气壮地敲打着它们所遇之物，玻璃门窗、铁皮屋顶、广告牌子……乒乒乓乓，叮叮当当，是警告，也是震慑，更是冲锋的战鼓，直闹腾得天昏地暗，分不清时辰。

碰巧有几个倒霉的人还在路上，那他们就成了这出恶作剧的首选捉弄对象。老天把人变成了提线木偶，风就是线。风往东吹，人就趔趄着向东；风往北吹，人就倒退着向北。有时候一阵风说不清楚方向，人就摇摇晃晃着身子打上好几个转，两只手想捂住帽子纱巾，又想照看住衣服背包，却总是顾了一头顾不了另一头。一不留神，帽子飞了，墨镜掉了，自行车倒了。全都乱了套！

有沙尘暴的日子里，一天之中至少可以看到两次天明。

当风沙再烈一点，卷起的沙石再多一点，就彻底湮灭了天光。车灯、路灯、室内的灯，一时间渐次亮起，工厂、商店、学校、家里，一切照常行进，却诡异得像在深夜穿行。外面巨大的黑暗和风的吼叫，仿佛末日来临，让人担心是否下半生都要躲在洞穴里生活。水似乎准备得不够，食物更是少得可怜。土的味道混杂着细小的沙粒还在源源不断地从窗户缝里钻进室内，地面、台面、所有的家具上，都笼罩着一层薄薄的沙尘，人的眼睫毛、嗓子眼儿，也被糊上了一层，咽口唾沫，就能和泥。

砰的一声，有人撞门进来，第一时间是冲到水龙头边接水。脱掉外面的衣服，漱口、洗脸、洗头发、洗胳膊、洗手，"噗！""呸！""哎呀，都是沙子，哎呀，难受死了！"一盆水很快就成了泥汤，再来一盆清水。洗了毛巾再看，又一层细沙沉在盆底。这天头，没法过了！

没法过也得过。

管人们高兴不高兴，天头可全凭它们自己。它们不想走，谁抱怨也没用。要是玩痛快了，那么好说，大风说走也就走了，天说亮也就亮了。昏暗黑黄，转眼就不见了。一天之中，再次明亮。末日不见了，灯光也可熄灭了。

还没完，风走了，沙还没玩儿够。天空该开始下沙了。

下沙子的时候，没有风。世界突然变成了泛黄的老照片，混混沌沌的，异常安静。然后，仿佛能听见天地之间有一种细碎的耳语，沙沙沙，沙沙沙，轻微细腻。伸手去接，什么也没有，可那细小的、昏黄的、耳语般的沙明明就飘浮在周遭，从天上悄悄地降落着。地上、台阶上、商店的窗台上、屋顶上，都是它们，慢慢地堆积，由薄渐厚。人的头发上、睫毛上、鼻孔里、嘴巴里、耳朵眼儿里、衣服上、鞋子上，都是它们。看得见，远近都是它的颜色；摸得着，上下都是它的颗粒，可就是不知道它们什么时候落了这么多。而且这细碎的耳语压根儿没有停止的意思，像是努着劲儿要造出一座沙雕的城市来。

面对这么多无穷无尽的沙，人们能做的实在有限，男人们多有一副墨镜，女人们的标配则是纱巾。

长的、方的、三角的，纯色的、带大朵大朵牡丹花的、几何图案的、带圆圈圆点的，真丝的、薄纱的，形色各异，系法也不相同。无风的时候就系在领口作为一种点缀；潦草一点的，随便打个结不至于掉了就行；讲究一点的就在领口附近系个大小适中的蝴蝶结。

起风的天气，则又不同。含蓄爱美一点的女性会将纱巾折成三角形罩住头发，其中两个角要绕过脖子系到脑后，再把脑后的那个角掖回到领子里，这样就在脑后形成了一个完美的半椭圆形。实用派和小孩子则直接用纱巾将整个头裹起来，眼睛透过薄纱看世界。

我有过很多条纱巾，不是因为家境富裕得可以让我任意搭配使用，而是很多次在我准备系纱巾或者以为已经系好了纱巾的时候，它们就被大风吹跑了。

就像那次，我那条新买的红色带金丝线的纱巾，还没来得及臭

美，就被大风拽到了天上。这真是糟糕极了，如果丢了它，回家一定会被爸爸妈妈骂。

它飘飘悠悠、时快时慢的，让我总觉得它是在和我逗着玩，只要我努努力，蹦得再高一些，就能抓住它。可是一旦我蹦高了，它就飞得更高一点；等我气喘吁吁跟不上它了，它就又飘落下来在前面等着我，我捂着胸口再跑两步去追它，它却跑得更快。

"哎——哎——"我像召唤一个小孩似的，向它招手，它就是铁了心要和我逗着玩。眼看就要到房顶那么高了，真快把人急哭了。天上还在下着沙子，我怎么也得追到它。那片矮房子是老王家，我知道后墙根儿那有个垛子，可以顺着那儿爬上去。冬天看秧歌的时候，我和附近几个孩子没少爬。时间很紧，顾不上想太多，盯着纱巾的方向，我真的上了房顶。

眼看纱巾被房顶的烟囱挡住了，我只要两步就能够着它了，风却又来捣乱，再次把它吹了起来。

"哎——哎——你等等我啊！"和地上相比，房顶上可不平整，每一家的房顶不一样高不说，还得提防纵横交错的电线和房顶上摆放的柴火木条，这让我跑得磕磕绊绊。

"哎——哎——快下来吧孩子，那纱巾咱们不要了！"妈妈不知什么时候出现在地面上，正抬着头向我招手。

"哎——哎——谁家的孩子啊？把我们家房子都踩塌了！"院子里出来一个叉着腰的老太太，指着我吼道。

头顶在落沙，脚下是别人家的房顶。地面上，隔着一堵墙的院内院外，两个人在召唤我。我的眼里却只剩下了那抹红色，在昏黄的天地间，醒目地跳跃着，热烈、刺眼，引着我不断追逐。我跨越了一个又一个人家的房顶，那些房顶高低错落，有的是一块平展的平台，有的是半圆的顶子。最讨厌的是尖顶的瓦房，人在上面很难站得稳，何况还要奔跑，还要追逐。这些形状高低各不相同的屋顶连成一片，偶有间隙，也可以一步跨过。我一路跑过很多人家，看到很多院落。

终于，到了不能再跑的地方，那是一排临街的房子。妈妈不知在哪儿，叉腰的老太太也看不见了，脚下的街道也不熟悉。时间、空间、声音、景象，一切在那个瞬间好像都不存在了，或者说好像都静止不动了，只有那抹红色是唯一流动的活物。它仿佛已经被风赋予了生命，跳跃着，舞动着，像一个从天而降的精灵，在我已经无路可走的时候，在我的眼前再次飘飘然地、满不在乎地飘走了，飘向街道上空，飘向路的另一边，或许是飘向幺屯的天空，飘向那片无拘无束的原野，总之越来越远，越来越高……

17 幺屯的天空

我曾经试图把一只纸糊的风筝放上幺屯的天空。

应该是前一晚看的书中有类似的情节。我想这应该不难，虽然我从来没有放过风筝，不过幺屯的风那么大，把一张带线的纸片吹到空中还不易如反掌？难的是找到一张合适大小的纸。我翻遍了姥姥家，也找不出一张完整的白纸，最后只好撕了一张从碗柜最后面找出来的皱巴巴的报纸。尽量铺平展后，左右各折起一部分，然后找来缝衣服的棉线，从纸面上穿过再系一个结。耳边是妈妈训斥我祸害东西的唠叨声，手上却是姥姥不断递过来让我祸害的东西。

冲出姥姥家的院门，牵着我自以为是的"风筝"，我想在幺屯的天空下撒个欢儿。

那是个冬日的午后，铅灰色的天空，没有什么云彩。风很大，从村中每一家院墙的缝隙里刮过来，刮过硬邦邦的土地，粗暴地卷动着我身后那张单薄的报纸——那个所谓的"风筝"。我奋力地跑动，不时回头扬扬手中的线："快飞！快飞啊！"

"这孩子……"姥姥在后面小跑着，"戴上点手闷子，天冷，看冻坏了！"幺屯的人管厚厚的只分一个手指和手掌的棉手套叫手闷子。这真是形象，手插在里面，严严实实，像焖锅做菜。我嫌手闷子又闷又不方便，才不要戴。

"姥姥，你看，它飞起来了！"我向上扬着棉线，正为即将成功的一幕兴奋着，不料"风筝"转瞬被大风刮碰到一个枝杈，撕开了一个大口子，之后便不加犹豫地挣脱了棉线，彻底成为一块破烂的报纸，被低声吼叫的西北风裹挟着，再次翻卷着上升，最终飞远了。

我空拿着手上的线，拴着绳的手闷子晃荡在胸前，和我一起无可奈何地看着那片报纸忽高忽低地在幺屯冬日苍白的天空下做最后的挣扎。

姥姥站在旁边，对着那纸片，像告别一个不想再见的人一样，冲着纸片飞走的方向挥挥手："走了，家去了！外头冷，看冻病了。"

"哪有大冬天放风筝的！说你还不听！"一进门就是妈妈的唠叨声，"好好的做活的线，祸害人。"

"家里也没啥能让孩子玩的东西。"姥姥接过我手上剩下的线，再一点点缠回做活用的线板子上。

"这孩子……"姥姥笑着看我。

风透过北窗，更加猛烈地刮着。我看向窗外的天空，小小的那页报纸，也许早就挂到了某个高高的树枝上，当然也可能蜷缩在某一处人家的院墙角落里或者村外那片收割完的庄稼地里。外面天色暗淡，甚至找不到什么词来描述它，就是那么普通平常的一个铅灰色的天空，一个连云彩也不知道躲到哪里去了的冬日午后。在单调、枯燥的小村庄，没人会在那样寒冷的天气里出门。我刚刚结束了一次失败的尝试、一次心血来潮的实验。

后来，我放了很多次风筝，买的那些大大小小的风筝，颜色绚丽，形象生动。每一次风筝都高高地飞起，在湛蓝湛蓝的天空下，毫无悬念地飞。可是身边却再也没有姥姥细碎紧跟的脚步，也没有姥姥常挂在嘴边的那三个字："这孩子……"

"这孩子……"姥姥总这么说。我淘气时，她这样说；我和她亲近，贴她的脸、搂她的脖子的时候，她也这样说。无论我惹了祸还是出了彩，她都爱说"这孩子……"，只不过语气、语调不太一样，有时候是加重了一点语气似有嗔怒，有时是笑眯眯的，透着点得意。

姥姥说过很多话，可我唯一记得清楚的就是这三个字。幺屯的天空下那么空旷，这三个字轻飘飘的，说的时候就没什么动静，说完立刻就散了，没了影儿了。可对我来说却不一样，我只要想起那片天，天空之下就老是晃悠着这三个字。

那次，姥姥要去后包家村，我一定要跟着。"要走挺远的一段路呢……"姥姥的话总是轻声细语的，拒绝得那么无力，更像是默许。姥姥挎着篮子，前脚出屋，后脚我就追上来了。

"家去，家去！听话，要走挺远的路呢。"姥姥挥手。

我嬉皮笑脸，拽着姥姥的衣裳襟。

"这孩子……要走挺远的路呢。"姥姥腾出一只手，拉住我的小手。

那时候幺屯没有商店。姥姥是去后包家的供销社，卖了篮子里的鸡蛋，换一点儿盐回来。我们沿着幺屯南面那条土路，一路向东。路上没人，我们经过了那个小小的闸门，远远望见沉寂的南坨子。太阳始终在斜后方若无其事地照着，头顶上一直都是那块云彩，幺屯那些矮小的房子也只是以极其缓慢的速度在我们的身后移动着。姥姥走一段路，就把篮子换一只胳膊，用另一只手牵着我。

天地一大，路就显小了。幺屯的天和别处的本没有什么两样，但是因为地上的万物没有遮挡，就显出了坦荡荡的大气。走着走着，我有种幻觉，好像地也成了天的一部分，我和姥姥就像一大一小两只蚂蚁，搬着一篮子鸡蛋，走啊走啊，走不出一寸天光。

无聊极了，天还是那样没有变化，路上还是一个人也没有。我不想走了，坐在路边耍赖。

"这孩子……"姥姥还是这句话，真是无聊极了。

"走吧，走，再走几步就到了。到了姥姥给买好吃的。"姥姥放下篮子，用手背抹了一把额头上的汗。

"几步？再走几步？我数着。"我明明知道几步到不了，故意和姥姥抬杠。

"好啊，你数数，看看咱们再走几步才能到。"姥姥重新挎上了篮子。

我已经一口气跑出去好远。

原来姥姥说的供销社就是个小商店，远没有城里的百货大楼气派。一个像土地庙似的大屋子，有着高高的木门槛，黑色的大木门进去是一圈像姥姥家那种"躺柜"似的大柜子，里面零星摆着些针头线脑、油盐酱醋、枕巾被单类的东西，样式少得可怜。唯一和城里商店不同的，是房间里面还有一个套间，放的是锄头、铁锹、镰刀之类，看起来也是用来出售的。

姥姥从怀里掏出一个手绢，把手上的毛票，一张一张展平，把几个钢镚儿放在展平的毛票中间，一下下折好，再用手绢包好，然后又小心翼翼地放回怀里。陈旧的木门射进一束光，姥姥篮子里的鸡蛋已经换成了一袋粗盐。

"走吧，家去了。"姥姥对我招手。像是想起了什么，姥姥又把手伸进怀里，把那个精心包裹的手绢再次拿了出来。

"拿两个糖球。"

那糖球不知道在柜子里放了多长时间，糖纸的颜色都不那么鲜艳了，糖球的表面也干裂得有了一丝裂纹。

含着那颗夸张的粉红色糖球，我和姥姥拉着手，走在回幺屯的路上。我把手心里另一颗糖球塞到姥姥嘴里。"哎哟哟，这孩子，姥姥不吃，太甜了，齁得慌！"姥姥抿着嘴，躲闪着，最终还是被我把糖球放到了嘴里。西天上一轮将沉的落日，颜色和我们口中的糖球相似。大朵大朵的彩云聚集在西边那一块明亮的天际。

"姥啊，你说天那边有什么啊？"

"天那边，还是天呗。"

"你去过天那边吗？"

"我可没去过，姥姥这辈子，最远就是到你们城里。"

"我想去那边的天底下看看。"

"行，你将来到处都去看看，也替姥姥看看。"

"姥啊，你说天那边和咱们这边一样吗？"

"那边的天罩着的可不是咱们幺屯这么块地方，那下面和咱们这儿肯定不一样。老辈人说，我们都是打锦州那边过来的，我们老家那

边还能看见海呢。"

"海？姥姥你见过海？海是啥样的？"

"我上哪儿见去，我就在幺屯生的，我爸我妈他们是从那边过来的，那地方叫锦州。"

我很小的时候就听人说过，姥姥是地主的女儿，而姥爷是地主家的长工。不是什么因私情而私奔的故事，而是因为在那个兵荒马乱的年代，很多好好的姑娘被日本鬼子、老毛子们按在高粱棵子里糟蹋了，姥姥的父母担心女儿的未来，觉得姥爷为人踏实可靠，就主动把女儿嫁了。那他们到底是在锦州时就是地主，还是到了这边才成为地主的呢？而锦州到底在哪儿？那里有海，也许就在那片很亮很亮的云彩底下。姥姥没去过锦州，她抬头看到的都是幺屯的天空。当然，这天空有白昼有黑夜，有日升日落，有繁星闪烁的时候，也有月朗星稀的时候。

想起了那个月色明亮的夜晚。

那会儿，老李家已经开了幺屯唯一一家商店，再买东西就不用去供销社了。他家的大门从早开到晚，后来还添了一台14寸的黑白电视机。差不多半屯子的年轻人一到晚上就都挤到老李家的炕上看那时流行的港台电视剧，《陈真》《大侠霍元甲》《上海滩》《再向虎山行》……人们抓着瓜子——他们管那个叫毛嗑，抽着纸烟，喝着红茶沫子，倚在炕头，靠着炕柜，炕沿上坐着几个年轻些的姑娘，地上柜台那儿还站着几个小伙子。吵吵嚷嚷的，有时候根本听不清电视的声音。黑白色的小屏幕经常放着放着就断片了，满屏的雪花点或者人物的身上莫名其妙地出现了宽宽的横纹，脸也变形对不上了。就有人自告奋勇到外面爬上房顶，晃动那根长长的电视天线杆。

我每次吵嚷着要看电视，姥姥就带我来老李家。她坐在炕头和女主人唠嗑，我躺在炕的里边看热闹。很多时候电视还没演完，我却睡着了。有时候睡得迷迷糊糊的，能感觉到姥姥吃力地抱我起来，抱到炕沿，她下地穿鞋，再背起我。

那晚忽然在姥姥背上就醒了。周遭大部分区域都是黑的，刚刚散场的李家那个方向还有隐约的说话声，一两户人家窗户里透出昏黄的灯光。头顶有明晃晃的月亮，不多的几颗星星，像是可有可无的点缀，大朵的夜云轻歌曼舞般在天上行走。夜晚的云竟是有颜色的，深紫、黑蓝，有一种让人屏住呼吸的美。它们静谧地游走着，在地上投下一片一片的暗色。暗色之外的地面，像撒了盐，薄薄的一层白色，有我和姥姥的影子。姥姥背着我走路的姿势左右摇摆，影子也忽长忽短。很远很远的地方有一两声狗的叫声，声音也像影子一样在夜色中被拉长了。

　　"姥——，你姥姥也这么背过你吗？"

　　姥姥侧过头看我："这孩子，啥时候醒了？我姥姥啊，我都没见过她，听说很早就得肺病没了。"

　　"没了，是去哪儿了？"

　　"去南坨了了，去天上了。有一天，姥姥也会没了……没了，咱们娘儿俩可就再见不着喽。"

　　眼泪突然吧嗒吧嗒地掉了下来，我感到一种没法形容的伤心。在那么安静的夜晚，我不想哭出声来，但眼泪却止也止不住。这个背着我的瘦小的老太太，尽管常常是一副愁眉不展的样子，却从来没人见过她发脾气，甚至都没见她高声说过话。这么一个对任何人、任何事都没有伤害的安安静静的老太太，我再怎么调皮也只是说一句"这孩子"的老太太，老天也忍心让她消失吗？未来的某一天，她也会到南坨子去了，没了，然后我就再也见不到她了。

18 没了

"没了"这个词很有意思，通常情况下只是一个普通的陈述，单纯地表示东西不见了。可如果它前面的主语换成某一个具体的人，它的意思就会瞬间严肃起来，带来很多让人难过、伤心、痛苦的情感体验。"人没了"是"人死了"的委婉说法。可仔细想想，这三个字是那么准确，真就是那么回事。"没"比"死"更真实、直接，人没了，就是没有了，不存在了。所以，有一件事我想不明白，既然人都没有了，为什么还要用"那个东西"把没了的人装起来？我说的"那个东西"是棺材。这个问题在那个夏天让我倍感困扰。

起因就在于我家对门，老张家门口突然多了一个帆布搭的棚子。白天还没觉出什么，到了晚上，帆布掀起来了，还架了一个灯泡。明晃晃的灯光下，聚了很多邻居，男人们光着膀子吸着烟，女人扎着围裙一双油手还没来得及洗净，甚至还有一些老人叼着烟袋，也踮着脚往里看。

到底是什么神神秘秘的东西啊？妈妈不让我去，可我还是趁她不注意，从大人们的胳肢窝底下挤了进去。棚子底下、人群中央放着一个很大的木头柜子，板子差不多有一本大辞典那么厚，说是长方形又不特别规则，看起来一头高些一头低些，一头宽些一头窄些，木头还都是本来的颜色，白茬。这有什么好看的？我正想挤出人群，却听到大人们在议论："不错啊，这材不错，老张头有福啊。""真不错，这寿材的料多正啊，宝柱，你这回弄得好！""得了吧，宝柱有这本事？这是老张头一早就准备下的。""这得是四六头的吧？真不赖！"我听不懂这些话，却隐约意识到了什么：寿材，是不是就是棺材？

难怪妈妈不让我来，真吓人。我慌乱地跑回了家。

可是，从那天起，对门就不消停了，每天晚上灯泡都准时亮起来。先是刷漆，紫檀色的漆，一遍一遍地刷上去。那味道沾到人身上，洗也洗不掉，那可是棺材上的漆，带着棺材的味道。真是要了命了！

更要命的是，晚上灯光一照，映衬得其他地方更黑了。原本没觉得夜晚可怕，这回连厕所都不敢去了。那么明晃晃的一盏灯，灯下面那么黑漆漆的一口棺材，旁边的帆布棚子把人和物的影子都放大了，要是有人经过，那些影子动起来甚至会瞬间充满整面帆布，简直让人以为是有怪物从棺材里爬出来了。

关键是，这个事情仿佛没完没了。光是漆就足足刷了三遍。好不容易刷漆的师傅走了，王晓光，就是前院王英男的爸爸又来了。他每天晚上坐在板凳上给棺材的四周画画，而且他好像一点不着急，喝着茶水，慢悠悠地端详半天才画一笔。张宝柱在旁边一会儿给他扇几下蒲扇，一会儿拿块西瓜出来。

看热闹的人还有一些，只是不似前几日那么密，三三两两散落在灯光照射不到的黑暗里，一边乘凉一边看王晓光画画。都知道王晓光在文化馆，会画两笔，可除了这次画棺材，平常还真没机会见他露两手。

"王晓光还是有两下子，你看那大海的浪花画得多好。""福字写得也好。""前福后寿，这可是有讲究的。王晓光还是挺在行的。"人们喝着茶水，品评着王晓光。

有人开了收音机，咿咿呀呀的唱词在幽暗中传了出来：

一旦间拆散好姻缘
崔氏女她未曾把七出条犯
都只为书生我手无钱

18没了

097

朱买臣我休妻我为吃饭

那时节鸳鸯分离两边

九载的夫妻一朝散

只怕我妻你就后悔难

……

　　这是二人转《马前泼水》，家人常听。平常不觉得什么，但是在那样的一个晚上，一侧是明晃晃的灯照着的发亮的棺材，四周是影影绰绰的黑暗，听起来真有一种说不出的诡异。

　　张宝柱的媳妇忽然掀了纱帘，急匆匆走了过来。

　　"谁呀，这个点放这个？关了吧，快关了，我们家老爷子受不了这个！"收音机的声音暗下去了，张宝柱媳妇意犹未尽般撇撇嘴，又往暗中看了一下，哼了一下鼻子，然后摇着头，扭动着圆滚滚的屁股回屋了。宝柱探了个脑袋出来，对着黑暗讪讪地喊："对不住啊，对不住了啊！我爹休息呢！"话还没说完，就被他媳妇揪着耳朵提溜回去了。

　　"走喽，睡觉去喽！"人群无精打采地散了。王晓光像什么也没发生一样，继续思考着下一笔该落在哪里。灯光惨白，一圈蚊蝇小虫绕着灯泡密密匝匝地嗡嗡飞着。

　　似有似无地，好像还有二人转咿咿呀呀的声音传来："我若是将你带家下／岂不被街坊邻人耻笑咱／千差万差你自己差／结发的夫妻就变成了活冤家……"间杂着，似有一个老人无奈的叹息飘过。不过，或许一切都是我的幻觉，什么声音都没有，不过是风吹过树梢。

　　有时候觉得，人活一辈子，就好像是风吹过树梢，吹过就没了。这阵风过去了，下一阵风又来了。有的风动静大些，有的风轻柔些，反正都是风，不仔细分别，都差不多，就笼统地都叫风吧。人呢，虽然有名字，可除了身边的人知道这些名字，在其他人看来，还不就笼统地都叫人嘛。男人、女人、老人、小孩子在世上走一遭，然后就没了，没了就没了，还会有新的人生出来。

　　张宝柱的媳妇叉着腰让人关上收音机的时候，张宝柱他爹躺在他家过道的木板上，不知道在想什么。他或许也听到了风吹过树梢的声音，或许什么也没听到。

奶奶拉着我的手去看张宝柱他爹时，特意挑了张宝柱和他媳妇都不在家的时候。夏天已过，秋天也结束了，门前水窖的水早都结冰了，入冬有些日子了。他家门前的那口棺材早已画好晾干了，用帆布蒙着，上面落了些枯叶，还有一些积雪。不知道帆布下是什么东西的还好，知道的话看起来就有些吓人。我本不想去，我从他家门前经过都害怕。可奶奶说："你这个小没良心的，你张爷好的时候多稀罕你，他那些漂亮的盒子不是都给你留着来的？"我想了想，奶奶的话有道理，做人不能没有良心。

张爷没生病那时候总爱逗我，他总是冲着我说："你看见小茹那丫头了吗？我有糖给她吃啊。""我不就是小茹吗？张爷你糊涂啦？""你才不是小茹，小茹那丫头可乖巧了，长得特别俊。""哎呀张爷，你别逗我了，我就是小茹啊！""这小孩，你可不像我们小茹。我可稀罕我们小茹了，小茹呢？小茹——小茹——"张爷手里举着糖块就往我家小院钻。我知道他是在逗我玩，拽着他的衣服后襟不撒手："张爷！张爷！"他就会一拍脑袋，恍然大悟一样："哎呀呀，你看看我，老糊涂啦，你真就是小茹啊！"然后转身把糖块轻巧地放到我的手心，他自己空了的手就划出一个柔媚的兰花指，配着他的笑脸，嘴里哼着二人转的调子又回自己家了。

张爷爱戴一顶小小的毡帽，黑色的，平顶，没有帽檐。他的脸上干净极了，没有胡茬，圆脸，圆眼睛。听说张爷年轻时是唱二人转的名角，一副手绢舞得团团转。张爷有五个孩子，两个儿子，三个闺女，长得都不一样。听大人们背后说的意思，好像这五个孩子都不是一个妈的，也就是说，张爷至少有过五个老婆。不知道五个老婆都是什么结局，从我记事起，张爷身边就没有老伴。五个孩子之间的关系也不怎么好，大儿子很少回来看他，三个闺女有两个都嫁到关里去了，只有一个闺女常回来，却有点儿疯疯癫癫的，说话也不招人待见。

张宝柱是最小的儿子，长得很弱小，没读过什么书，却天生一双高度近视眼，戴的眼镜有瓶底那么厚，所以找媳妇时很是费了些劲。说来也有趣，张宝柱那么瘦小枯干的一个人，最后终于找到的媳妇却又胖又壮，几乎能装下他了。而且他那么一个近视眼，媳妇却是个肿眼泡。刚刚听说有割双眼皮的技术，他媳妇就火急火燎去做了手术，手术不太成功，做完了以后总像在脸上顶了一对肚脐眼。"肚脐眼"力气很大，嗓门也高。常听见她在家里骂个不停，不仅骂张宝柱，还骂张爷，骂他们家穷，骂他们家门风不好，甚至骂他们家房顶太低、碗柜子太破，逮着什么骂什么，还说嫁到他们老张家，她真是倒了八辈子霉了之类的。骂累了，还打。我就亲眼见她有一次拎着擀面杖追着张宝柱打，张宝柱抱着脑袋往大街上跑，要多狼狈有多狼狈。

张爷从那时起就不怎么爱哼二人转了，见人也没那么乐呵了。有时候老邻居问起他的日子，打趣他："嘿，你个老张头，这回儿子都娶了媳妇了，你该舒心才对啊，来两句《马前泼水》吧。"他就挥挥手："唉！来什么来，没那个闲心！"

后来，张爷就病了。一开始只是捂着肚子说疼，就吃点止痛片撑着。后来脸色一天比一天黄，去医院查了，说是肝病。宝柱两口子不急着给张爷看病，而是迅速地找出一副碗筷给张爷单独放着，饭却不做他那份了。睡觉时，一开始时张爷还能躺在北屋自己的炕上，后来宝柱媳妇说肝病热了不好，睡炕不如睡床，就在南北屋中间的过道上，用几块砖头垫了块木板，让张爷睡那里了。

张爷的大儿子回来几次，也不怎么管。有一次听见他和宝柱媳妇嚷嚷："我爹的房子你们住着，财产你们赔受着，他有病了你们不管谁管？凭什么让我出钱？我没钱！"嚷嚷完，他一摔门走了，后来再没来过。

嫁在本地那个闺女，回来一次就和宝柱媳妇打一次。有一次两个人撕扯到了街上，两人的脸上都开了花，披头散发的。宝柱在一旁干着急，邻居们也拉不开。张爷捂着肚子对闺女说："你要想让我多活几天，就赶紧回去别来了！"闺女听了张爷的话，爬起来头也不回地走了。

嫁到关里的闺女开始寄药回来。有些药装在很漂亮的塑料盒子里，盒子上面画着小壁虎的样子，把药拿出去刚好可以装铅笔。张爷就把盒子送给了我，我从此多了好几个别致的文具盒，有的装铅笔，有的装彩笔。奶奶说我没良心的时候，我正把一根削好的铅笔放到张爷给我的"文具盒"里。我放好盒子，就和奶奶去看张爷了。

张爷平躺在木板上，被子下面的肚子那里似乎比别处都高一些。张爷的头上还戴着那顶小毡帽，脸色越发黄了，颧骨也塌陷了下去。奶奶用手捏了捏张爷盖的被子，又掀了掀张爷脚下的褥子角，然后轻声叹了口气。连我都看得出来那被褥实在太薄了。

"张爷，你冷吗？"我忍不住问了出来。

张爷躺在那笑了："不冷，张爷现在不知道冷了。"

"作孽啊！"奶奶又叹气。

"腹水了，这儿。"张爷指着他高起来的肚子，"没几天了。硬了都。"

"唉，作孽啊！"奶奶重复着这句话。

张爷竟然笑了："老蒯啊，以后没法一起唱喽，再唱得等下辈子了。"张爷的声音很弱，有点哑。

他没病的时候，总叫奶奶"老蒯"，奶奶不爱听，每次都笑骂他。我后来才知道老蒯这个词有两个意思，一个是对年老行动不便的人的蔑称，另一个就是东北老话"老伴儿"的意思。高兴的时候，他会找爷爷喝酒，喝高兴了就即兴唱几句，有时奶奶也搭腔和几句。

奶奶半天没接话，过了一会儿才说："你好好地养着，这肝上的毛病就怕生气。"奶奶的声音里有一种极力克制的颤音。"回头还想听你唱呢。"

张爷不说话了，眼睛呆呆地望着棚顶。

奶奶看着张爷，想说什么，终究还是什么也没说。

我和奶奶从张爷家出来没几天，张爷终于被宝柱两口子送到医院了。

"这两口子总算良心发现，送老张头去医院了。早点去，也不至

于拖延得这么重啊。"

"良心发现？我呸！我半夜里听见那个母夜叉喊的，怕老爷子在家咽气晦气，要死死医院去！"

"这叫什么玩意？还有这样的儿媳妇？"

"你可说呢！"

"去医院也好，再熬几天，过了年也算多活一岁了。"

隆冬腊月，邻居们聚在一起的时候少了，偶尔见面打招呼议论的都是张爷的近况。

转眼就是除夕，鞭炮声噼里啪啦响起来了，春节联欢晚会马上就要开始了。奶奶家人声鼎沸，亲人们进进出出，爷爷在厨房包着饺子。门砰的一声被撞开了，老姑带了一身寒气还有飘在头顶的雪花进来了。

"爸、妈，我张叔没了。"

老姑说，宝柱媳妇嫌正月里死人不吉利，就赶在年三十早上把张爷的氧气拔了。所以，张爷就在那年除夕的漫天烟花里，没了。

我推开院门，对门静悄悄的，也开着灯，有人影走动，却听不到什么声音。人没了。他们家里在大年夜没有了一个人，那个人再也不会在这个世界上出现，再也不能戴着黑色的小毡帽，哼着二人转小调，偶尔翘翘兰花指，把一条手绢甩得溜溜转了。然而，他们家如此安静，就像什么都没发生，就像从来没有过这么个人。

天上飘着细小的雪花，一团绿色的烟花绽放又寂灭，远处的鞭炮声噼噼啪啪此起彼伏地响着。风卷起对门帆布上落下的点点积雪，在路灯下反射出一点点暗淡的光。帆布下苫着的那个东西很快也要没了，它将带着那些绚丽的花纹和文字，带着那个没了的人，长久地埋在我不知道的某一处地下，耐心地等待在时间的消磨下，终有一日与那片沙土融为一体，不分彼此。

19 那片沙土

有时我真希望自己是一只大鸟，飞到天上体验一下俯视大地的感受。不过，我又很容易打消这个念头，那片沙土的色彩太单调了，能看出什么名堂呢？除了夏天，大概那三个季节都是昏黄一片。夏天稍稍例外，不过是因为有了些成熟的庄稼，可那绿色也是深深的，加了一些黑灰，看着不透亮、不养眼。

不过，转念一想，如果我变成一只蚂蚁、一只小虫，注定只能在一处微小的区域感知那块沙土，或许就会有完全不一样的体验了。姥姥家门前菜园子里那一条浇菜的小渠在我眼中也会像一条奔腾的河流，而且是"季节性"流动的：傍晚就是雨量充沛的夏季，是最壮观的时刻，想要跨过几乎不可能；中午是干涸的"冬季"，可以试着翻越到对岸。一天的时光，对于变成了蚂蚁的我而言，就跨越几个四季轮回了。土墙边那一块地方对我来说就是一片广袤的荒漠，唯一算得上参天大树的就是那丛马蛇子菜，它可以带来不少清凉。

偏偏我既无法上天，也不能入地，做不了飞鸟，也成不了蚂蚁。可是，我可以是一个孩子，当时的我也的确是一个如假包换的孩子，所以当我以一个孩童的眼光和视角看那片土地时，看到的应该也是完全不同于那些终年生活其中的祖辈或偶回小住的父母吧。忘了是什么因由，也忘了是在幺屯的屯南还是屯北，东边还是西边，也忘了身边的人是谁，总之，有一天，作为一个孩子的我，那么突然地被推到了一片沙土面前，留下了那个足够真实的意象停留在记忆里，至今不散。

就在那样平平常常的一天，忘了什么缘由，我好像被人从另外一个星球突然扔到了那里，就那么突然身处一片一望无际的沙土地。

周遭空无一人，头顶的天空灰蒙蒙的，有很厚很厚的云层，天空看上去较平日低了很多，也因此好像有了更清晰的轮廓。地面上没有房屋村落，没有树木庄稼，也许有，但一定在远方，渺小得可以和背景混为一体。土是两种，小路上的土结实成硬板一片，路边却是细软如沙。一小丛一小丛贴着地面的矮小植物守着一个个矮小的沙坑。没有植物生长的地方露出一片连绵的土。

第一次，我感受到天地之间只剩我一个人了。我可以望见四面八方很远很远的地方，但是四面八方一片寂静。我懵懵懂懂地，如神开示一般，似乎突然感受到了一点点"永恒"的含义。我感觉自己像是站在了地平线的边缘，站在了无涯的旷野的尽头，好像万物中的一分子，又好像万物其实是一回事，我和那些野草，和那些沙土，和空中低矮的云层一样，我就是它们的一部分，我们从很远很远的过去就在那里，而且在那里已经很久很久了，久得已经不知道是从什么时候开始的，也不知道将到何时结束，我们将一直以那种姿态继续下去。无所谓承受，也无所谓孤独，总之，一切都是它本来应该的样子。

风吹得野草在摇摆，水洼里的水漾起细小的波纹，沙土也在细微地流动，云层还是那么厚、那么低，仿佛触手可及。风把静止的我唤醒了一般，我随着风的方向离开小路，站在更加久远的或者说更为永恒的大地上，低下身子，用手轻轻划过那细软的沙土，沙土温热，和阳光一样的温度，虽然太阳躲在云层之后。那一小片沙土没有任何特别，或许刚刚有经过的牛羊在上面小便，或许刚刚有飞累的鸟在那里停留，或许只是刚刚有几只蚂蚁经过，又或许很多很多年那一小片沙土上，什么都没发生，什么都没经历，只有雨雪风霜偶然掠过。我把沙土划向一侧，堆积，拍打，刻画，地上就出现了一个特别的图案，和周围所有沙土地都不再一样。我留下了自己的痕迹，这痕迹或许是这一小块沙土上多少年来第一次染上了人的痕迹，这使它变得和周围的沙土不再一样。我那么简单粗暴地随兴所至，画了一个虽然特别但没有任何意义的图案。如果它有意愿，它是高兴还是不情愿？当然，我心里异常明白，不管它是否高兴，用不了多久，只需一阵更猛烈一点的风吹来，一切就又回到了最初的样子。所以，我想，不是我在这小片沙土上留下了自己的痕迹，我永远不应有在那片沙土上留存自己印记的任何企图，那注定徒劳。相反，是那片沙土必然会将瞬间的"永恒"长久地烙印在我的身上，刻进我的记忆，构成我这一世生而为人的灵魂的一部分。

我很想躺下来，躺在这片尚余温热的沙土上，感受一下天光和大地、云层和微风。我可以摊开双臂，忘记呼吸，只随摇曳的杂草起伏。下雨了，就接受雨，下雪了，就承受雪。风刮过，就细心感受它刮过身体的每一个部位，从脚底到肚脐，再到发梢。或弱或强的阳光洒下来，不用眼睛，用整个身体去感知它，冷或者热，和身下的沙土一样。

躺下来，身体的其他部位全部放松，仿若不存在一样，只用到眼睛，用它们抬头看天和云。

有时碧空如洗，就看天的蓝，看那单纯静谧到极致的蓝，深蓝、浅蓝、神秘幽深的蓝，一年四季晨昏的蓝，每一种蓝都不同，然后等待某一个偶然的时候，这完整静止的蓝被飞过的鸟儿带得动了起来，大雁的可能性最大，麻雀和喜鹊都不怎么爱到这种区域来。所以，就看大雁南飞或北归，看大雁排成不同的形状。或许还会有鹰，那种草原上的鹰，一只，最多两只，从天上桀骜地飞过。

有时会有一两朵云，比较轻薄，像棉花或棉花糖，虽然棉花和棉花糖的样子差不多，但口感差很多，所以像棉花的云和像棉花糖的云又不一样。一般像棉花糖的云会更薄一些，边缘上会带着一些如丝如缕的感觉。躺在沙土上看这些云，还会想吃上一口吗？想象不出来。

有时云层会很厚，就像那天。云层厚的时候，会觉得什么都是厚重的，心也是。心里面有一种说不出的踏实，但又带点沉重，总想有所改变，就像想把那厚厚的云层捅个窟窿出来。

如果云再厚下去，就要下雨了。小雨最好只到脸上，风斜斜的，其他的地方顾不上，就只轻轻地飘洒到脸上，像做一个补水的面膜，像补足呼吸中甜美的气息，清清凉凉，点到为止。中雨就没办法，衣服一定会湿透，湿透了衣服，人和身下的沙地就更亲近了一些，啪啪啪，沙沙沙，雨水打在身体上和打在旁边沙土上的声音不一样，一个清脆地被衣服反弹起来，一个太极高手般被沙土消解掉了。这片沙土一定比我更喜欢这样的雨，我躺在上面想推开雨滴，它们却张开每一个毛孔迎接着。这样一来，我身下那块地方的沙土一定焦急而不开心。所以，我最好当我不存在。这样一想，就好像假如我真躺在沙土上，雨水也会穿过我的身体，噼噼啪啪地滴入我身下的沙土，沙土在我身下静悄悄地吸收吞咽。

若是暴雨来临怎么办？我害怕电闪雷鸣。我躺在那样荒芜没有遮挡的大片沙土上，会不会清晰、完整地看到闪电从天而降，在我耳边炸裂，伴着滚滚的雷声。我会害怕得跳起来吧，一定没有勇气继续躺下去。可是跳起来又能逃到哪里去，都说了我望向四面八方，四面八方一片寂静。那么，只能承受。其实也没有什么不可承受的，如果我真和那些野草、那些沙土以及前一刻还低垂的云层一样，我就是它们的一部分，我们从很远很远的过去就一直都在那里，我就不会害怕，电闪雷鸣的时候，它们什么样，我就会是什么样。

还有无数个夜晚。这里一定有最完美的夜空，数不清的繁星倒扣着，最低的星星消失在地平线上。既然躺着，那么想看哪颗就看哪颗，它们一眨一眨，像是暗示什么，又像在诉说什么，反正时间足够，尽可慢慢寻找，仔细聆听。银河也是那么清澈，就从我脑后的方向延展着，似乎拿一个瓢来，就可以舀出水来。星星少的时候也有，不用想，大多数的星星都躲到云彩后头去了，那就随它。完全没有星星的夜晚少些，那种夜晚就可以把厚厚的夜云当个被子来盖。

想到这里，我心满意足。我看了看远方，地平线无比清晰，我再次俯身低头，抚摸脚下细绵的沙土，微温的沙土充满柔情。

那之后，我无数次梦到自己从这片沙土上醒来，看旭日东升，看朝霞漫天，绚烂地开满目之所及的地方。很遥远的地方，有笛声吹来，是牧羊人忧伤的曲调。

20 苏武牧羊

　　有些知识的获得不一定循着常规途径。我知道"苏武牧羊"的故事就不是在历史课上，而是在音乐课上。

　　那个嘴巴大得好像开到耳朵后面的男老师一边拉着手风琴，一边和我们说，苏武在贝加尔湖边牧羊，一去就是十九年，渴饮雪饥吞毡，特别苦，特别不容易，但是人们记住了他。大嘴老师说，这首歌从古时候开始人们就一辈一辈地传唱，你们也要学会，将来教给你们的孩子唱。

　　这真是一件神奇的事，竟会有口口相传的歌声，从古代流传至今。2000年前的歌可以一直唱到现在吗？如果每一代人都平均二十岁生儿育女，那我至少有一百位祖先听过、唱过这首歌？一百个样貌不同、衣着各异的人，他们的表情、动作全然不同，却有相似之处，他们血脉相连，最为亲密，却多不相识。每个人都经历了他那一生的离乱，侥幸留下后代，然后绵延至今。我不可能见到也想象不出来这一百人的队首以及更早的祖先的模样，却可以听到他们传唱下来的歌……

　　回到家，我第一时间问了爷爷，爷爷摆摆手，不会。或许老师只是说说而已？我带着一丝不甘心又去问奶奶："奶奶啊，你会唱《苏武牧羊》吗？"

　　"苏——武——留胡——节——不辱——雪地——又冰天——苦忍——十九年——渴饮雪——饥吞毡——牧羊北海边……"奶奶一边甩着拂尘——我们管那叫"蝇甩子"，一边没有任何铺垫地幽幽

哼唱起来。

月光如水，奶奶的声音像从很远很远的地方传来，那远方草色很深，波浪一样翻滚不息，滔滔不绝，奶奶的声音呜呜咽咽、苍老悲凉、如泣如诉，和那遥远地方的风合为一体，不分彼此。

从曲调到唱词居然和大嘴老师教的丝毫不差。

奶奶似乎沉浸到了歌声里，一时没有停下的意思。我静静地看着她，她满头银丝纹丝不乱地拢在脑后挽成了一个髻，用两个特别的发夹卡住。她背微微弯了，穿着斜襟的衣服，虽是夏日，依旧纽扣森严，脚上虽然穿着拖鞋，但袜子整洁。这么一个干净清爽的老太太在夏日的傍晚头随歌声轻轻摇摆。

歌声渐渐缓了，奶奶呵呵笑了起来。

"不行啦，老喽，不中用了，唱个歌也荒腔走板了。"奶奶轻微咳嗽起来，咳了几声，又微笑起来，慢悠悠晃动着身子，似乎沉浸在一件很美妙的事情里。

"七十岁有个家，八十岁有个妈。要是我妈还活着可该多好啊。"奶奶甩着拂尘，慢悠悠地说，却显然不是对我说。"去给奶奶把烟笸箩拿来。"哦，这句话是对我说的。

奶奶吸烟，吸的是需要自己动手卷烟叶的那种纸烟。奶奶吸烟的时候，烟雾就把她和周围隔开了，谁也进不到烟雾里面去，不知她会想些什么，有时候看上去又好像什么也没想。不过，这次我兴许能猜到一点，她唱着《苏武牧羊》的时候，大概是想她的妈妈了，或许教音乐的老师说得没错，这歌真是这么一代代传唱下来的，奶奶的妈妈给她唱过这首歌。奶奶的妈妈唱这首歌时，奶奶多大呢？在摇篮里，在她蹒跚学步的时候，还是像我这么大的时候？无论如何，最迟不会超过十二岁，因为奶奶说过那时候的事。

"那时候的事都挺苦的。奶奶在十二岁时，爹妈一年之内相继没了，也不知道是什么病，那时候小啊，不懂。命苦呗，之前爹妈宠着啥都不用干，黑夜里上厕所妈都跟着，怕孩子害怕不是？后来可就不行了，爹妈一下子全没了，家里的地哥哥种着，哥哥怎么都好说，嫂子不给好脸全白搭。寒冬腊月，连双棉鞋都穿不上，趿拉个单鞋片子也得给猪打食做饭，身后头还得背着哥家的孩子……"

　　奶奶说起那时，很多是片段，也没有过多的细节，开头的话永远是"'满洲国'那时候啊……"，"国"字发三声。"满洲国"那时候发生了很多事情，如闹过鼠疫，她说"闹防疫"，我猜当时当局刻意回避了"鼠疫"这个词，以防治鼠疫代替了鼠疫。长大后查史料，果然，1945年日本投降前夕，日本人从医学院的细菌库内拿出了带细菌的老鼠，放进粮食中，同时在粮食中散布了其他的细菌和毒药，导致那年8月突发鼠疫，霍乱、斑疹、伤寒、麻疹等大量传染病流行，连续三年不绝。

　　"'满洲国'那时候啊，'闹防疫'死了好多人，身上会突然起大包，吐血，人说没就没了。好好的人哪，说没就没了。那可有啥说的，全凭谁命大，活过来的就是命大。"

　　"后来，哥哥、嫂子给说了户人家，没什么好，有几亩地。那个人，没什么可说的，不好，不知道疼人，真是不得意他，给他做棉袄就把棉花团个团塞进去。"奶奶每次说到这，都会偷偷笑，像个做了恶作剧的小孩子。"他命脆，'闹防疫'就闹没了。刚说了么，'闹防疫'很吓人的，谁活下来全凭命大，他的命不行。"

　　"按说，上头还有个姐姐挺疼我的。"奶奶有时也会提起姐姐，不过说得更多的是姐姐的死。"按说，姐妹之间总是互相知冷知热的，妈没了，有个姐姐也是好的。可惜了，她的命也不好，年纪轻轻得了痨病，还没咽气，就被他们老潘家给'活马入殓'了！哎呀，这就没法说了。"每次说到这，奶奶就会说不下去了。

　　这个晚上，烟雾又把奶奶包围了。我像小猫一样靠过去："奶奶，讲讲'满洲国'的事吧。"

　　"还讲啊？这孩子咋总爱听这个。'满洲国'那时候有啥可讲的，讲来讲去，就是个苦呗，都苦，家家都苦。要是能活到现在的，那就有福了，咱们都是有福的人，你也是个有福的孩子。"奶奶说"福"字也是三声。奶奶说的东北话，爷爷说的东北话，姥姥、姥爷

说的东北话，都是东北话，但好像又有些不太一样。奶奶说，她的老家在辽宁昌图。怎么来的这边，那可不太清楚了，老一辈就过来了。

"奶奶，你那个弟弟到底去哪儿了呀？"我忽然想起某一次奶奶讲的内容。

"谁知道啊，兵荒马乱的，一个大活人上街买个东西，说没回来就再没回来。可真是活不见人死不见尸，说啥的都有，有人说看见他被队伍抓走当兵去了，也有人说好像他跑开了，反正再没见着。"奶奶还是悠悠地轻晃身体。"有时候我也想，说不定哪天，嘿，他突然就回来了。呵呵，可是，真要是那样可咋整呢，回来也找不到这儿了，他也不知道我在这儿活着呢。呵呵，想想罢了，咋可能呢？"奶奶又自己笑起来了，像个小孩子似的。

"走啦，天晚了，睡觉去喽！"笑够了，奶奶掐灭了烟，拍打拍打烟灰，端着烟笸箩，带我回家。

奶奶说起往事常常缓慢而柔情，而其他时候并不。

甚至，家里人都多少有些怕她，那种怕是一种说不出原因的东西。她从不说脏话骂人，也不大喊大叫发脾气，但就是有一种不怒自威的东西从骨子里透出来，可能就是所谓气场。至于外人，那些周围邻居们说奶奶像是《沙家浜》里的"阿庆嫂"。我不太清楚那是一个什么样的角色，只知道在我家那一片，人家都叫她老李太太，那个"阿庆嫂"一样的老李太太。

有什么事，让老李太太说道说道就好了。

街道居委会有什么事情要传达，找老李太太招呼大家开个会就成了。

评选"五好家庭"，老李太太家最合适了。

谁家大人临时有事，孩子放到老李太太家屋里就行了。上班的钥匙也要留一把放老李太太家窗台上，万一哪个忘带钥匙了，过来拿着方便。所以，一串串的，老王家的钥匙、老唐家的钥匙、老贺家的钥匙……都摆在奶奶家的窗台上，看似杂乱，却从不会混淆。

奶奶说话办事就一个词"利落"。说话干脆利落，以理服人；做事讲究规矩、礼数。我家门前那块空地就是奶奶经常受街道居委会之托，组织街坊邻居开会的地方。"开会了，开会了，马上九点钟东房山开会了啊！"奶奶挨门挨户招呼一圈，到了时间，那空地上就坐了一片坐在小板凳上的邻居。奶奶不用什么话筒，天生嗓音清亮，还爱开个玩笑，一条一例地把事情交代清楚了，下面不时爆发出笑声。我那时虽不懂他们会上说的具体内容，但是真佩服奶奶的本事。

奶奶在家里立的规矩也很多。"老人识恭敬，小人儿识抬举。""一碗水端平"是奶奶治家的基本原则。所以，无论是儿子、儿媳，还是女儿、女婿，家里真可谓长幼有序，彼此之间没有红过脸。这么说吧，奶奶要是给妈妈买一件新衣服，肯定也会给伯母一条裤子，即使衣服的花色不完全一样，价格总是相差无几的。反过来也一样，她把一只银镯子送给伯母了，另一只肯定会送给妈妈。几个姑父回来，如果不在同一天，那下酒菜肯定也不会差太多的。

至于对一些基本礼仪的要求，那是从我这样的小孩子抓起的：见人问好是最基本的；吃饭时规矩才多，大人不动碗筷，小孩子就不能开始吃，不能翻拣菜盘，不能剩饭，不能出声音，不能把筷子插在米饭上；去别人家不能坐太久，不能太随意坐，坐下不能抖腿；平时走路不能弯腰驼背，说话不能唾沫星子乱蹦……有没做到的，看到奶奶一板脸，肯定马上收敛起来，知道自己错在哪里了。

有一次，二姑开玩笑抱怨奶奶偏心，奶奶笑着摆弄自己的手："手心手背都是肉，往哪头偏能好受呢？"

"不偏心，当时只有一个回城接我爸班的机会，你咋给了我大姐？"二姑在家里一向能说。

"保命要紧！你当时下乡的地方离家近，大不了将来回城没工作，妈养你一辈子。可你大姐那离苏联近，一个炮弹打过来我就没大闺女了。"奶奶还是摆弄自己的手，捏一捏，抻一抻，说得云淡风轻。

"得了吧，第二年像我大姐那样的赤脚医生集体回城，都给安排进了医院，不比现在那个半死不活的饭店强？"二姑有些不依不饶。

"保命要紧。那会儿不开始闹'苏修'了吗？广播里、高音喇叭里天天播，真打起仗，炮弹可不长眼睛。至于后来的事，谁能料那么准。二丫头啊，你就记住妈一句话，什么也大不过命！"奶奶说完，像什么也没发生一样起身做事去了。

什么也大不过命。我后来上学读了一点书，知道有过"三年自然灾害"。我问爸爸："你们那时候怎么过的？很饿很饿吗？"爸爸居然回答我："不，一点没饿着。"奶奶会找一些农村急需的东西，省下来的棉布票换的布啊，供应的一点点细粮啊，全国粮票啊，去乡下亲戚家里换豆包，一家换点，去一次就换回来一大面袋子，用驴车拉着回来，因为是寒冬腊月，所以放在大缸里冻上，吃的时候蒸一下就可以，可以吃好久。"是积酸菜那种大缸吗？"我问爸爸。爸爸不在意地回答："嗯，差不多吧，可能稍微小一点。"看着比我还高些的酸菜缸，我想象着冰天雪地里，奶奶赶着一架驴车从乡下回来的样子，车上高高的柴垛上压着两个白面口袋，里面装着满满的黄米面和着红豆馅做的黏豆包，那是一家老小活下去的底气。

保住命是前提，保住了还要活得体面。家里有一张老照片，照的是爸爸和姑姑们小时候。几个孩子穿戴整齐，男孩子衬衫、短裤、球鞋、袜子，女孩子每人一条不同样式的连衣裙。我问姑姑："这是不是为了照相找人借的衣服？"姑姑很骄傲地回答："怎么可能！我们穿的那叫'布拉吉'，当时最流行的。不管多困难的时候，我们的妈妈你的奶奶可从没让我们穿过露脚趾的袜子。"

哦，难怪！她常常趁我在她怀里腻歪的时候，闻一下我的头发："嗯，该洗啦！晚上让你妈给洗洗头。"

她常说，小姑娘家，要干净，要爱美。

甚至，有一次，她悄悄塞给我钱，让我去买一瓶"香水"。那个年代哪有香水卖啊？她说的香水其实就是花露水。不过，有什么关系呢？她教给我抹，自己也在鬓角上抹一点，"闻闻，香吧？"她笑得很开心。"是啊，真香。""嗯，香喷喷的，多好。"

没过多久，她竟然给妈妈一笔小钱，让她去给我趸摸一件旗袍。"小女孩，穿旗袍才好看。"于是，我有了人生第一件旗袍。奶奶看得眉开眼笑："好多年都不作兴穿这个了，这两年又开始有卖的了，看看，这多好。"

"奶奶，你年轻时候是什么样的？"我不是问她年轻时长得什么样，我见过奶奶年轻时的照片，面色沉静，目光坚定，不躲闪也不迟疑的样子。我真不知道该怎么问，我说我想知道奶奶年轻时是什么样子的，她穿旗袍吗？她穿旗袍时是什么感觉呢？什么事让她最快乐，什么事让她愤怒，什么事让她悲伤？

奶奶笑了，她好像懂我的意思，因为她又给我讲了一件事。

"年轻的时候，听说坐人的火车开通了，以前的火车可都是拉货拉木材的。光听人说，没见过，更没坐过呀。也没什么地方非要去，就是想看看火车什么样，感受一下坐在火车上是啥感觉。那么着，就去坐了一次火车。从木里图就下车了，又坐马车回来的。挺好，挺知足。"奶奶又有点出神，像看着当年的她自己，笑着说："年轻时候就是这个样子呗，嗯，这样子有啥好说的？"

遗憾的是，奶奶年轻的时候没有上过学。我本以为她会羡慕那些上学的人，她会感叹自己父母早亡，没有条件上学。然而，她并不羡慕女学生："那时候啊，周围的人都说上学的女孩子容易学坏。啥叫学坏？学坏就是动不动就和人家跑了，跑到大城市，跑出去打打杀杀，或者和男同学跑了，各种跑法让家人不放心，所以家人就没让上。字还是认识几个的，但是不多，很小的时候妈妈教的，都说'女子无才便是德'，就是这么个意思吧。"

"你妈妈认识字？"这又超出了我的想象。奶奶时不时提起的妈妈，总念叨的"七十岁有个家，八十岁有个妈"的妈妈，那个年代的农妇居然识文断字？

"认识字，我妈妈是大户人家出来的，家是城里头开商铺的。

后来是因为我姥爷进货时进了太多红纸，结果赶上皇帝死了，全国上下都不能带彩，红纸进来就卖不出去了，手上的钱一时周转不开，姥爷一股急火，没了。当家的没了，又有一堆上门讨债的，家里头很快就败了。"

"然后呢？""然后，爹没了，家道败落了，孤儿寡母的，我姥姥就把我妈嫁给我爸了。我爸不识字，家里就几亩薄地，凑合着过日子呗。"

"还有吗？""还有啥，没有啥了，就是这么个故事。"

奶奶随口一讲，就是一个故事。每一个都能写出一部年代剧，每一部剧的关键词似乎都可以概括为"兵荒马乱"。

21 兵荒马乱

　　大姥爷王广仁绕着幺屯四周给自己寻找墓地的时候，表情十分淡定，甚至好像有些得意扬扬的神色，就像他平日里嘻嘻哈哈没个正形的样子。大姥爷说，他不想埋在南坨子父母身边，没脸去见他们，就在清河边找个差不多的地方埋了算了。

　　大姥爷骑着自行车，踅摸了有些日子，最后选定了一处有树有草的地方，看上去确实比南坨子更清净些。这时候距离他确诊为癌症晚期已经差不多有一个月的时间了。

　　"死？死就死吧，人到寿限了可不得死，都不死占着地方，后面的人哪有地方活？"大姥爷一贯大嗓门，声色夸张，说起话底气十足，脖子上青筋显露。"说不怕是假，可怕有个啥用！老天爷看你怕就不收你了？哪一天走哪一天埋吧……"声音刚低落一点，马上又起了高音："我王广仁兵荒马乱的年头里趟着死人河过来的，要死早死一百回了，活到这个年纪已经是造化了，怕他个王八羔子！"啪，酒盅砸在饭桌上，震得盘碗叮当响。

　　"行了，哥，喝酒就喝酒。你这么说，我心里不是滋味儿。"我亲姥爷王广义低头喝酒，眉头紧皱。"小三子广礼八成这两天该回来了。"姥爷看看窗外，补充了一句。

　　"他回来干啥？你告诉他的？他那么忙！等我埋完了他啥时候有时间啥时候去坟上看看我就中。"大姥爷又干了一盅。

　　"广礼说他请下假带你去长春或者沈阳看看，再不行去北京。"

　　"哪看也没用，这毛病我知道，年轻时就落下病根了，能活到这会儿，已经给够本了。"大姥爷的眼睛瞪得通红。"想当年——"

"哎呀，这咋一喝点酒就又开始五马长枪的了，老想什么当年啊，当年顶饭吃？说那些没用的干啥！"大姥姥端着一大陶盆高粱米水饭过来，不想让大姥爷说下去。

大姥姥的举动没能阻止大姥爷的"想当年"。从中午到傍晚，大姥爷和姥爷说了很多很多的话，一会儿大笑，一会儿大哭。姥爷只是不时叹气，满面愁容地看着他这个哥哥。而我看到那么大年纪的人痛哭流涕的样子，有一种说不出的震动。

我大致听明白一些让大姥爷痛哭流涕的事。姥爷家穷，兄弟五个还有两个妹妹，大姥爷到了很大年纪还没说上媳妇。后来有人撺掇"换亲"，就是拿姥爷的大妹妹做交换，把她嫁给一户人家的哥哥，那户人家再把家里的妹妹嫁给大姥爷。那户人家是屯里人家的亲戚，也穷，家在关里。按照提前说好的规矩，大姥爷就带着大妹妹往关里走，然后带着新媳妇回来，这事也就成了。

"老二，你知道，咱家穷啊，我下头挨肩儿你们四个弟弟，我又爱玩两把牌九，谁家姑娘愿意来这个家做长嫂啊！填补不完的窟窿！只有把咱们大妹妹豁出去了啊，我对不起秀兰啊，我那早早没了的妹妹呀——我也对不起咱爹啊，我这条命早就该没——"大姥爷老泪纵横，"去时是寒冬腊月，家里东挪西凑筹借了票钱坐火车去的，按照预计的时间，多则一两个月，少则十天半个月也就回来了。哪承想啊，整整一年零三个月才到家。"

大姥爷喝醉了，话没说完就倒在炕头睡着了。睡着的大姥爷脸色通红，呼噜震天，嘴巴微张，下颌那一小缕山羊胡子调皮地翘着，随呼噜的节奏起伏。姥爷拿出一件外衣，轻轻盖在大姥爷的身上，然后神情萧然地走出院门，一只手擦了擦眼角。

一个月后，大姥爷安然去世，安葬在他为自己选好的那块墓地。中间三姥爷回来数次，无论怎样劝他去大城市治疗都没有成功。出殡那天，四个弟弟全都回到幺屯，痛哭之后的夜晚，四个老人头挨头在姥爷家炕上入睡。四个样貌极为相似的人，脸上带着岁月的痕迹，在幺屯沉沉的夜色中带着深深的悲伤彻夜难眠。这让我想起几年前，曾看到他们弟兄五个整齐地并排躺在炕头上，我曾调皮地挨个摸过他们的头顶大笑不已。如今少了一个人，气氛迥然不同。

　　这件事情过去以后很久，从三姥爷断断续续的叙述中，我终于把大姥爷的"当年"理出了一个大概。

　　大姥爷年轻时不成器，贪玩好赌，经常把他们的父亲气得发疯，不止一次说要打断他的腿。每次他们的父亲找不到他，几个弟弟就轮流替他说谎，去田里了，去舅舅家了，去西屯别人家帮忙了……要是父亲不相信，坚持去赌场找他，准有一个弟弟趁人不备跑去给大哥报信，好几次大姥爷就是赶在父亲到达赌场的前一分钟从赌场的窗户逃走的。

　　后来，屯里开始"跑胡子""闹小鬼子""来老毛子"，世道越来越乱。

　　所谓"胡子"就是土匪，坨子那边的"胡子"据说也是穷苦人，被各种变故逼得无奈才落草为寇。他们常常选择人们在田地里干活的午后以及黄沙漫卷的天里，一阵风似的骑马而来，将原本就已贫穷到极点的屯子洗劫一番。粮食、肉、镰刀、斧头，看到什么拿什么，鸡也抓走，猪也捆走，甚至连好一点的铺盖也抢。最让人不可理解的是，有一次他们甚至抢了某一家孩子晾在院子里的尿褓子。

　　当家里最后一点高粱米也被"胡子"抢走以后，大姥爷突然消失了。弟弟们找遍了附近他常去的地方，没人知道他去哪儿了。人们都说王广仁这小子也学坏了，肯定是跟着"胡子"跑了。

　　三姥爷说，一个漆黑的夜里，他们的父亲正叹息着辗转反侧时，家门开了，外屋咕咚一声。他最快起身，跑出去看到大姥爷回来了。大姥爷打开刚从肩上卸下来的麻袋，里面居然是白花花的大米，正准备倒入家里那口空空如也的米缸。他们的父亲闻声起来，看到那个情景，转身就去找棍子要打大姥爷："你给我滚！我们王家饿死也不会当'胡子'！"大姥爷不说话，只是往缸里倒米。他们的父亲要去打他，要去砸缸，被三姥爷和他们的母亲、弟弟、妹妹紧紧地抱住了。

"哥，你真去当'胡子'了？"三姥爷一边抱着父亲，一边问大姥爷。

"我们王家饿死也不会当'胡子'！"大姥爷镇静地回答。

"那，这米哪儿来的？"他们的父亲也停下了手上的棍子，颇感奇怪。

"小鬼子的。"大姥爷又恢复了平时嘻嘻哈哈的样子，冲他的爹妈咧嘴一笑。

这轻描淡写的四个字让家里所有人都惊住了。他们的妈妈左右看看，忙去把门关好。房间里安静了很多，只听见哗哗倒米的声音。

"小鬼子"日本人的大米怎么到了大姥爷手上？原来，大姥爷想出去打个短工给家人刨闹点吃的，再找机会去坨子里找"胡子"要个公道。他到城里大车店找了个车把式的活计，却在上路第一天被日本人半路抓住，先是把他在一个黑屋子里关了一宿，第二天一早就让他运一马车粮食到一个换防点。大姥爷趁日本人不注意，偷了一袋子米放到路边的树林里，等把其他的米送到了，又返回树林趁天黑把米送回了家里。

这段经历大姥爷轻描淡写，却听得全家人胆战心惊。偷了日本人的东西，还是军需的大米，搞不好不仅自己要掉脑袋，全家人、全屯人都性命难保。

"没事，我想好了，我去投奔大刀会，明早就走。"大姥爷还是笑得没心没肺的。"打打日本人，顺带着也教训教训'胡子'们！"

日本人哪有那么好打？"胡子"们也凶残得很。大刀会、红枪会都听人说过，他们很多都是有血性的庄稼汉，聚在一起专打日本人，那可真是把脑袋别在裤腰带上的事，参加了那个，可就意味着很有可能活不见人、死不见尸了。家人都不同意，大姥爷却主意已定："嘿嘿，其实我已经和大刀会的弟兄们接上头了。没有他们在后面支应着，我八成还不敢偷这个米。我以前玩心太重，总觉得推个牌九什么的不算什么，这些天大刀会的弟兄们给我讲了好多道理。爹、妈，你们放心，我以后只会往好道上奔了。'胡子'只知道祸害自己人，'小鬼子'都欺负到家门口了。是男人，就得拿出个男人的样子来！"

第二天一早，大姥爷果然就离开了家。从此，家人就开始了漫长的担惊受怕的日子。他们的父亲也因此病倒了。一直到秋收之后的一天，大姥爷突然拖着一条伤腿回来了。原来，在最近一次偷袭日本人仓库的过程中，大刀会的弟兄们遭到了重创，几乎全军覆没。看到回来的长子，母亲摸着他的脸求他再不要去了，父亲在病榻上老泪纵横，家中每个人都求他不要再走了，一家人平平安安在一起比什么都强。在大姥爷悄悄养伤的过程中，他们的父母背着他商量起换亲的事。他们觉得有了媳妇，他的心就能安稳下来了，再不会出去打打杀杀了。日本人虽然可恶，"胡子"虽然遭人恨，可那不是咱们平民百姓能对付得了的。再说，他在的那个大刀会都被日本人打散了，单枪匹马的还能做啥？

大姥爷起初不同意换亲的事，但是他们的父亲以死相逼。他是长子，要尽快结婚生个一儿半女，才对得起长子的身份。于是，就有了腊月的那次出行。

大姥爷带着妹妹走后，他们的父亲开始一天天数着他归来的日子。一个月、两个月，冬天过去了，春天的风都刮起来了，还是没有任何音信。夏天的清河水涨起来了，秋天的又一茬庄稼成熟了，还是没有回来。又一个冬天的第一场雪落下的时候，他们的父亲开始登上家中低矮的土房的房顶，向远方眺望。从此，每天如此，从晨到昏，期盼着从地平线的那边能看到熟悉的身影。

早知道就不让他去娶这门亲，一家人只要在一起就踏实。只听说关里在打仗，打得厉害，飞机从天上扔炸弹，地上走几步就是关卡，每天都死很多人。给关里换亲的那家去了很多封信，一封也没有回音。所以，他们的父亲只能一次次颤巍巍地踩着木梯子，站到房顶，迎着北风，眺望远方。

他们的父亲最后登上房顶那次，仍然没有望回儿子，却在下来的

时候从梯子上滚落下来。病上加病，没过几天，人就走了。咽气之前，老人说："我儿八成是回不来了，都是我害了我儿和闺女，早知道就一家人安稳在一起，还去什么关里……我儿、我闺女，你们等着爹，爹找你们来了。"

转年开春的时候，他们的父亲坟头上已经有荒草长出。就在家人以为大姥爷肯定已不在人世的时候，大姥爷竟独自一人出现在幺屯远方的地平线上。头发和胡子老长，瘦得颧骨高耸，还是穿着走时那身棉衣，但是衣衫褴褛，露着棉花，身边既没有新媳妇，也没有一起去关里的妹妹。

大姥爷在他爹坟前痛哭之后，才说出一年多的经历。去时一切还算顺利，只是到了那家之后才发现，对方家的女孩子长得倒还标致，儿子却是个残疾，一只脚跛得厉害。妹妹自然委屈，可是为了成全哥哥，也只好把眼泪往肚子里咽。但大姥爷不可能只图自己舒坦，眼看着亲妹妹往火坑里跳。他拉着妹妹就往回走。对方先是来了很多亲戚邻居好言好语相劝，后来见劝说不听，竟要动粗使蛮力，说什么都要扣下妹妹把生米煮成熟饭。大姥爷这回真的怒了，拼了全力在一个晚上带着妹妹逃了出来。

到了那会儿，战争就打得厉害了，据说前方的火车道也被炸了，火车不通，身上带的盘缠也被对方搜走了，没有别的办法，只能顺着火车道往家走。大姥爷想，就是讨饭，也能讨回家去。一路上，躲"小鬼子"，也得躲"老毛子"，因为"老毛子"专门欺负妇女，见着小媳妇、大闺女就往庄稼地里拽。还要跑"警报"，飞机会往人群里扔炸弹，"警报"一拉响，就得拼命往洞里钻，眼见着被炸飞的人腿在眼前飞。路上逃难的人很多，跟着人流走还可以少些害怕。不过讨饭不容易，人人都没有多余的吃食，喝的水也是问题。生病发烧也有过几次，也都挺过来了，却没想到秀兰得了疟疾，不停打摆子，上了几次茅房，人就不行了。眼看着就一点点越来越没精神，最后就那么咽了气……大姥爷说到这里泣不成声："连个棺材板也找不到，我是真对不起大妹子秀兰……"

三姥爷对这段往事叙述得生动鲜活，我听得惊心动魄的，感觉极不真实。屋子里的挂钟已经当当响了十下，外面漆黑一片，幺屯的夜晚依然那么安静，根本不像曾经上演过这么多悲欢的样子。

　　"唉！睡吧……"我姥爷永远沉默寡言，叹气几乎是一种常态。

　　我还想刨根问底："那后来呢？姥爷，你那会儿在做什么？三姥爷你呢？四姥爷、小姥爷他们当时都在做什么？"

　　三姥爷拉灭了灯："睡吧，赶明儿个有工夫再接着给你讲。"

　　我带着很多画面和疑问睡下了，却在后半夜被姥爷的喊叫声惊醒了。"快跑！快跑哇！小鬼子杀人了，小鬼子追来了！"姥爷的声音起初含混不清，后来越来越急迫、恐慌，显然是陷入了噩梦。姥姥摇醒了姥爷，屋子里的灯亮了，姥爷似醒非醒，满脸惊恐地望着炕上的人，灯光下满脑门豆大的汗珠。

　　"这两年不知是怎么了，晚上总是这样，这一阵愈发严重了。"姥姥说，并非三姥爷讲起往事让姥爷触景伤情，想起什么才做了噩梦，实际上近一两年这种情况几乎每晚都在发生，有时候严重了，甚至整个人从炕上滚落下去。

　　姥爷又叹气，给三姥爷看他腰上的淤青，那就是前几日夜里从炕上掉下去时摔伤的。姥爷说，人老了，年轻时的事开始不知不觉地在脑子里翻腾了，想捂都捂不住。白天有太阳照着，有事情忙乱着就显现不出来，到了夜深人静睡着了，这些怕人的东西就都争着抢着跳出来了。

　　灯光再次熄灭。平时不爱讲话的姥爷这回在黑暗中竟主动说起了年轻时的事。

　　"小三子，咱爹没那年，老五才八岁，小妹子秀凤两岁多，走路都不稳当，还绕着爹的棺材吐沫沫玩呢。"

　　"是啊，二哥，那么个兵荒马乱的世道，咱们这一家子能熬过来真是不易。"三姥爷有点感慨。

　　"平常我不爱说这些，过去了的就过去了呗。说起来怪难受的。"姥爷在黑暗中坐了起来，点燃了一根烟。

21兵荒马乱

121

"这不是给小辈人当故事讲嘛，也让孩子们多少知道点过去的事。二哥，要我说，你一辈子老实，不爱说话，你要把肚子里的话倒一倒，兴许就不那么做噩梦了。"

这个夜晚就这样成了一个不眠之夜，也是三姥爷在幺屯度过的最后一个夜晚——一年后，三姥爷突发大面积心肌梗死，没有抢救过来，在他城里的家中去世了。所以，这样一个夜晚殊为难得，正是在这个夜晚，在三姥爷和姥爷互为补充的叙述中，我大体知道了这个看似极其普通的幺屯的一家人曾经经历的那些动荡。

大姥爷回来以后，又去城里的大车店做活，勉强能够自己吃喝。他朋友多，又急公好义，还一心想去找当时民间自发的抗日组织"大刀会"，很少回家。他一辈子都是那么一种什么都不在乎的样子，后来居然自己领了个死心塌地爱他的媳妇回来。但就算娶妻生子也没能改变他什么，开口说话就是高声大嗓，仍是对一切事情都不太在意。有钱了就吆五喝六呼朋唤友吃了喝了，当然大多数时候没有钱。没有钱也不怕，穷有穷的活法，开心就好。

姥爷是几个兄弟中性格最内向也最本分的一个，认定了自己只会种地，也认准了到什么时候天底下都得有人种地，所以心甘情愿给地主家做长工，供养弟妹，赡养老母，兢兢业业一生。可是，无论怎么想低头走路，无论怎么想不与任何人惹是生非，却还是逃不开是非找到他。年轻时，他曾一次又一次被抓去做壮丁，修过工事，建过水库。他自己从来都分不清抓他去的那些人都是什么人，想来应该有日本人，也有国民党，还有伪满的宪兵警察。

有一次马上就过年了，姥爷惦记家里头，干活的时候稍微走了点神，就被日本人吊在小黑屋里用鞭子抽打，好在因为命大熬了过来，邻村的一个认识的熟人却被活活打死了。

好多次死里逃生的经历都被他归结为命大。在他生命中最后的那些年里，这些根深蒂固扎在心口的片段一次次在夜晚潜入他的梦里，带着那种逃无可逃的恐惧与慌张。无数个夜晚，无边的绝望与这个一辈子对命运低眉顺眼的老农民如影相随。

三姥爷既不像大姥爷那样一辈子性格张扬，也不像我姥爷那么老实木讷，他的脑子里充满了想法，而且敢作敢为，又总琢磨着去读书。于是，我姥爷就拼命干活，他们的妈妈就四处借债，大姥爷偶尔带回来的钱也全用在他的学费上，总之，全家齐心协力供他上学。家人想着他读书后或者可以出人头地，却不知道三姥爷在学校里悄悄入党参加了革命。新中国成立后，三姥爷直接进城成了干部，全家人甚至全屯人都大感吃惊。关于革命经历，三姥爷在那个夜晚所谈不多，想来应该更加惊心动魄。

　　四姥爷进城学手艺，同样吃了很多苦，好在后来苦尽甘来，终于成了一个木匠。小姥爷和小姑姥姥那时年纪都小，虽然很小就没了父亲，但是在上面几个哥哥和母亲的庇护下，在新中国成立后也慢慢读书上了学，后来到城市各有一份工作。

　　那是我第一次听到"兵荒马乱"这个词语，在我的想象中，那情景应该就是着各色服装的军人或趾高气扬地在街面上招摇而过，或步履匆匆地千里奔袭，他们的枪口不长眼睛，他们的枪托随时可以砸向妇孺，他们烧杀抢掠，他们狰狞大笑。马蹄声声，从一处踏到另一处，马背上有兵有匪，有中国人也有外国人，马蹄经过的地方，无论一马平川还是泥沟大河，抑或是挣扎的逃难的人群，全都视若无物，随意践踏，将哭喊声随同黄沙一齐甩在身后。

　　事实上，当我在幺屯听到那些家族往事的时候，人们已经不再为战乱担忧，"兵荒马乱"这个词几乎听不到有人提及了。更让人难以想象的是，又过了多年，"兵荒马乱"实实在在的本意已经变迁，竟成了文艺青年口中一个颇为矫情的形容词——他们诗意地写着："谁的青春不是一场兵荒马乱，注定只能潦草离散。"

22 变迁

像是化学反应时添加了催化剂，曾经动荡离乱的生活复归平静之后，又以另一种形式甩开了大步狂奔。

那时的我已经上了小学，整日游逛在百货大楼、药店、副食店的好日子一去不复返了。但放学以后的大把时间，我还是可以自由玩耍。

忽然有一天放学时，就看到我每日必经的那条正街被"开肠破肚"了，很多人抡圆了镐把路面刨出一块又一块松动的坑坑洼洼，又有一些人拿着铁锹把刨出的松土装到手推车上，另一些人则负责把小车推走。所有的行人、骑车的、开车的只能绕在路的两侧，一边躲着路面带起的尘土，一边缓慢前行。路中央热火朝天，路两边吵吵嚷嚷。

街角突然多了几家卖磁带的音像店，门前安了喇叭。"你就像那一把火，熊熊火光照亮了我"和"我家住在黄土高坡哦，大风从坡上刮过"此起彼伏互相辉映，压过了走街串巷的小贩们的叫卖声。

小贩们好像一夜之间变了样子，他们不屑于再卖些针头线脑、豆腐鸡蛋类的东西，而像是和音像店赌气一般，转身在街角停了辆卡车，摆满了一车的蝙蝠衫、牛仔裤，"快来瞅，快来瞧，走过路过的，不要错过啊！广州进的牛仔裤，版型好价格低啊！"他们的喇叭拿在手里，人站在车上，居高临下，声音更加势不可当。

百货大楼门口立起一块铁做的框架，四四方方的，中间空置着，暂时看不出做什么用场。我把它下面那个横框当作单杠，用来表演

"金钩倒立"，就是把两条腿钩在上面，身子和脑袋倒挂下来。这时候看出去的世界同平时不太一样，地面到了头顶上，平常不太注意的人腿和自行车轱辘纷乱地闯入眼帘。不同颜色的裤脚、袜子、鞋在我眼前经过，说步履匆匆有些夸张，但确实好像人们走路的速度比前些年快了一些。马路已经拓宽了很多，几乎就挨到这个铁框架了，上面铺了一层石子。工人们减少了一些，取而代之的是一个在石子上开过来又开过去的压路机。车前巨大的石碾缓慢而坚决地把石子压得越来越平整。马路对面原来那一片低矮的小房子全部拆除不见了，被一排整齐的矮砖划出了边界，那矮砖也叫"马路牙子"，看上去真像是马路长出了一排无边无际的整齐牙齿。

我在铁架子上表演"金钩倒立"，顺便看看街上的人和热闹事。旁边眼睛都不眨地看着我的是卖冰棍的图雅。

图雅是担心我会大头冲下掉下来。每次我做这个危险无比的动作时，她都会说："你别弄这个，看掉地下把脑袋砸回脖腔子里，你就死啦！"

图雅比我大一岁，是我那时候的主要玩伴。图雅有三个姐姐、一个妹妹，也就是说，她家里五个女孩子，五朵金花，图雅是第四朵。她家离我家不远，也住在北市场后面的那片平房里。不过，他们家是后搬来的，不如那些老邻居和我们彼此那么熟悉，有些独来独往的意思。他们家的房子也比我们的低矮些，一进门先是咕咚一下，陷进去半截腿，房间里也不亮堂，还没有院子。

图雅的爸爸巴特尔是个很有意思的人，个子很矮，有些胖，头发稀疏发黄，鼻头红红的，如果不是眼睛细长，没准会让人看成是个外国人。

巴特尔有意思的地方在于，无论任何时候我看到他，他永远都是很开心的样子。无论手上有什么活计，他都会用蒙语轻声哼着歌，乐呵呵地做。一会儿叫一下老婆萨日娜，一会儿喊一声某个女儿的名字。

图雅的妈妈萨日娜则是典型的蒙古族女人的长相，她个子高大，身体结实，面部扁平，颧骨有一点高，上面带着点红晕，头上总爱戴红的、橘红的纯色头巾，摘下头巾，能看到额头上有一圈细小的抬头纹。她不怎么爱说话，看上去有些深沉和忧伤。

巴特尔和萨日娜之间多用蒙语交谈，一串一串卷着舌头说，我完全听不懂，图雅就在一旁给我做翻译，有些话真是乐死人了。比如，那次我去她家刚好赶上午饭时间，萨日娜端着做好的饭菜上桌，巴特尔放下手中的活计，表现出食欲大振几乎要流口水的样子，萨日娜皱皱眉，嫌巴特尔在孩子们面前没个样子，巴特尔就笑呵呵地说："唉，没办法啊，这世上，苦干的人汗水多，贪吃的人口水多。"

我去她家次数多了，她爸爸、妈妈也认识我了，会和我用汉语交流。他们的汉语说得有一种奇怪的腔调，是蒙古族人说汉语特有的那种调调。他们还挺高兴图雅和我成为好朋友的，巴特尔就曾经当着我的面对图雅说："人嘛，就要多交朋友呢，小孩子也一样，你要和这个小朋友好好地处。"又对我说："你要多和图雅玩，她在这边还没有几个朋友。人怎么能没有朋友呢？小孩子更需要有朋友！"

巴特尔做什么工作我不太清楚，萨日娜肯定是没有工作的，她平时主要是在百货大楼门口卖冰棍，还兼卖些奶豆腐、奶皮子、炒米之类的。图雅放学后就去接替萨日娜，以便萨日娜回家做晚饭。我和图雅成为好朋友以后，吃过晚饭就常到百货大楼那儿找她。

"冰棍！卖冰棍喽！"其实不用和我学，图雅的汉语本来已经说得很好了，根本听不出是蒙古族人。我只是在旁边学着她的样子帮她招呼生意："冰棍，又甜又凉快的冰棍！"我们一边扯着脖子喊，一边东张西望看街上的热闹。偶尔有人来买冰棍，我比图雅还积极，打开箱子，掀开棉被，拿出冰棍递给人家，再找零钱，一气呵成，熟练得就好像那一车冰棍是我们家的生意，而图雅才是来帮忙的。

图雅有时候就看着我笑，说："你呀，天生是做生意的料。"这时，我总不忘了逞能："谁说的？我可不止会做生意，我还会'金钩倒立''倒挂金钩'呢，看！我老孙来也——"然后，我就会飞奔到那个铁架子上表演一番，让图雅一边欣赏，一边为我提心吊胆。

可是那天，我们俩忽然惊奇地发现铁架子变了，四框里填上了铁皮，再不是铁架子了，而是成了一个铁牌子。我们俩好奇地绕到铁牌子前面，发现居然是两幅巨大的图画，左边那幅画面上是幸福的一家三口，配以一行醒目的大字："一对夫妻只生一个好"，右边那幅画风相似，只是一家三口换成了朝气蓬勃、喜气洋洋的一群人，上面写着"五讲四美三热爱"。

铁架子原来是个巨大的宣传牌。

我们俩对彼此撇了嘴，又回到了冰棍箱子旁。夏天的傍晚，天黑得晚，但那时已经擦黑了，身后的路灯已经亮起来了。我们扇着圆形的小扇子，一是凉快，二是哄赶蚊子。

"图雅，只生一个好，你家怎么那么多孩子？"

"那你得问巴特尔和萨日娜去。"图雅的话让我和她笑了有一阵。图雅平时是叫她爸爸为阿爸，妈妈为额吉的，她这次这样说纯粹就是为了幽默一下。

笑够了，我又问她："你阿爸和额吉是不是想要个男孩子，结果你们家都是女孩子啊？我听人家说，有很多人就是想要个男孩子才会拼命生一堆孩子。"

图雅很认真地想了想，然后摇了摇头："不知道。这个，还是得问他们俩。"

后来有一天，图雅还真问了她爸妈这个问题，当着我的面。萨日娜进进出出忙着手里的活，只说了一句："图雅这小脑袋瓜里每天都想什么呢？"巴特尔听完图雅的问题，却哈哈大笑，他放下手中正修了一半的收音机，歪着脑袋看着图雅："图雅哎，你听哪里的人说阿爸和额吉只想有个弟弟才生了你们的？儿子嘛，有一个当然是好，长生天没给我们儿子，女儿也很好。我和你额吉可从来没想过那么多！"

"可是，人家百货大楼前面的牌子上都写了，一对夫妻只生一个好，为什么我们家这么多孩子？"图雅还是想不明白。

"生你的时候还没有这个牌子么！"巴特尔又低头鼓捣那个修了

一半的收音机了，他又哼起了歌，是《草原夜色美》的调子，他唱的是蒙语。

唱了一会儿，像又想起了什么，巴特尔让萨日娜拿酒来喝，萨日娜说了几句什么，巴特尔的神情有些落寞。

我看着巴特尔和萨日娜，又看了看图雅，想弄清楚她的爸爸、妈妈在说些什么。

图雅冲我吐了吐舌头，悄悄地趴在我耳边说："我阿爸唱歌唱得心情坏掉了，他要喝奶酒。额吉问他是不是又想他的草原了。阿爸说想也没有用了，额吉说草原现在都成了沙坨子了，回不去了。阿爸说，回不去的东西太多了，我和姐姐、妹妹都不怎么说蒙语了。额吉说，她想好了，找机会还是要送我和妹妹去说蒙语的学校。"

图雅翻译完又解释说："他们经常这样，想念草原的时候，就说想念那里的马群，想念那里的草场，想念在月亮底下喝酒，甚至还想念那里的牛粪……"图雅说完，自己先捂着嘴咯咯地笑了起来。

我的眼前却突然出现了一轮圆月，垂挂在地平线上，风吹草浪，蒙古包里透出温暖的灯光，不远处有套马杆的影子，不知何处传来了若隐若现的马头琴声。月色如水，琴声呜咽，像从遥远的年代而来，每一下琴声响起都触动内心深处的孤独。那时，我尚不懂孤独的含义，只是觉得心里一下一下钝钝地疼，疼过之后又空空荡荡，似乎草原的风从那里穿堂而过。

我的走神被巴特尔打断。他拍了拍萨日娜的后背，突然用汉语说："有什么办法呢，我们？像他们汉族人说的，我们也要学会'随遇而安'吧。"

萨日娜没有说话，而是若有所思地摇摇头。

我其实不太懂什么叫"随遇而安"，就是很奇怪地陷入了萨日娜和巴特尔那突如其来的忧伤，仿佛我很早就懂得那份忧伤，甚至我压根就从那忧伤深处而来，于是我就装作很懂的样子，郑重地对他们点了点头。

结果，巴特尔看着我的样子就笑了，恢复了他往常的轻松样子。

"去吧，孩子们，去玩吧，这个年纪就要撒欢地玩，像小马驹那么撒欢地玩。"巴特尔对我们摆了摆手，像轰走两匹小马驹。

于是，我和图雅这两匹小马驹冲出了家，外面没有草原，只有空旷宽阔的马路。那条正街已经铺好了沥青，平平整整的，比原来宽了两三倍。我和图雅每人骑了一辆自行车，在刚修好还没有太多车辆的大街上撒着欢儿骑。图雅比我还疯，她居然敢把两手松开，像一只大鸟借着自行车的惯性在地面上飞。平地上飞得还不够，我们又去专找有一些坡度的路，下坡时的俯冲，在极快速度的冲击下，会让人产生即将腾飞的幻觉。

天气闷热，有蝉鸣叫。

那个暑假，我们这两匹小马驹把小城的大街小巷当成了草原，整天整天没有目的地穿梭，看到很多稀奇古怪的事。

每天清早或者傍晚，我陪着图雅到冰棍厂去批发冰棍。那儿有一个高高的窗口，我们先是到那里交钱开票，然后到一个高大的房子里交票取冰棍。外面那么热，那个房子里却冰凉得让人打冷战，地面上湿漉漉的，冒着凉气，有冰棍那种特有的甜香味，进出的多是穿白衣服戴白帽子的女工，脚上一双黑色的橡胶雨鞋。冰棍整整齐齐地放在塑料箱子里，放在手推车上推来推去。我们每次会取批发的50根冰棍，装进图雅家的木头箱子，再盖好棉被，然后用自行车驮回去交给萨日娜，这一天最主要的差事就算完成了。

眼见着百货大楼门前摆摊的人一天天多了起来，卖的东西也更加稀奇古怪。除了牛仔裤外，居然开始有人卖一种没有脚后跟的肉色袜子，薄得像蒜皮。女人们看了都撇嘴，这也叫袜子？这袜子也能穿？没想到卖袜子的人嘴撇得更厉害。"土冒了吧？这叫丝袜，人家大城市早就这么穿了，没有脚后跟才更贴脚，薄得像蒜皮夏天穿才凉快又好看，薄不怕，结实就行。不信？给你演示一下，用针划都划不破！"说着就拿起一根缝衣针刺啦啦在袜子上划。起初围观的人多，买的人少，可没几天，身边的大娘、大婶、阿姨、姐姐几乎人人脚上都穿了这么一双蒜皮一样没跟的袜子。

眼见着变化的还有小城本身，它在悄悄长高。

先是城东边新建了几栋家属楼，就是那种一层一层最多有五六层的住家。听说人们可以在家里面上厕所，一拉绳子哗啦一下就冲下去了。我和图雅骑车找了好久才找到那几栋红砖楼，在外面绕了几圈也没敢进去。不过，还是长了一点见识，那楼远远高过了百货大楼，每一个楼门旁边还有一个小小的方形铁门，关闭得很严实。我们看了好久也没想明白那是做什么用的，说是给猫、狗留的通道吧，又有点大，而且关得那么紧，猫和狗也无法自由进出啊。直到有一次，我们看到收垃圾的人打开那个门，原来那竟然是个垃圾道。这不由让我们感叹，住在楼里的人简直太幸福了，不仅可以在家里上厕所，还可以不出门就把垃圾倒了。

紧接着，百货大楼旁边又建了一座新大楼，叫"供销大楼"，比百货大楼不知气派多少倍。仅是里面那个自动楼梯，百货大楼就没法比。那楼梯也是一个台阶一个台阶的，从一楼大厅直通二楼，人站上台阶，自动就往上走了。我和图雅坐了一遍又一遍，看到很多想迈步又不敢迈、退退缩缩的人，好玩极了。

还有一件事不得不说——小城的人们开始越来越多地谈论起"南方"。

起初是新开胡同那边的小旅店里住了一个南方人，他没有短住几天就走的意思，而是在旅店门口摆了个小摊子，卖一种"奔马"。奔马长得一模一样，一尺来高，棕红色的身体，鬃毛很长，眼睛大大的并鼓出来，前蹄腾空，据说是摆在组合柜上的工艺品。这原本也没什么稀奇，稀奇的是这个南方人的袋子里每次只有那么几匹马，却总也卖不完似的，今天来人买走了，第二天就又和前一天一样多了。

有人就好奇地问他，你进了多少货啊？这东西一不小心就压碎了，可是不好保管呢。南方人摆摆手，意思是他们不懂。"不需要进货，我自己做的，要多少做多少。"

南方人的口音很重，但这句话勉强能听懂。这让我和图雅大吃一惊，显然周围的大人也被他这句话吓了一跳。

"你自己做的？一个人？不需要什么工具吗？""怎么能每一个都做得一模一样？""做一个要多长时间？"人们七嘴八舌地炸了锅。

南方人神秘地摆摆手，不再说话。图雅和我咬耳朵，我们的计划很大胆，就是要悄悄溜进旅馆，看看南方人怎么做奔马。这小旅馆我和图雅平时放学后也常和同学钻进去玩，并不陌生。溜进去很容易，就是不知道南方人住哪个房间，什么时候开始做。

我们还是决定试试。进了旅馆后穿过那个长长的走廊，后面有一个小小的院子。我和图雅的运气真好，那南方人居然就住在这后面小院里的一个房间，不过迟迟没有发现他做什么。

我和图雅已经进进出出旅馆好几天了，几乎就要放弃的那个上午，我们终于发现了他的秘密。在那天上午九十点钟的样子，天还不算太热，南方人背了两个袋子，还拎了一个脸盆出来了。我们躲在小院一堆杂物后面悄悄看他。他把其中一个袋子里面粉一样的东西倒到脸盆里，然后倒水，又用一根木棍不停搅拌，看上去同和面差不多。搅拌得差不多了，就又从另一个袋子里拿出两块形状怪异的木头。两块木头一对齐，有几处螺丝紧一下，就成了一整块有空心的木头。南方人把搅拌好的"面糊糊"通通倒进木头的空心里，等待的时间里又继续"和面"。过了几分钟，他就把先前拧好的螺丝松开，两块木头分离后，里面竟出现了一匹雪白的"奔马"。他不慌不忙地再按照先前的步骤把和好的"面粉"倒入紧好螺丝的木头里，如此反复，一会地上就多了四五匹"奔马"。其中，有一个缺了一只耳朵，显然是失败品，他看了看，摇摇头将这个失败品扔到了一边。接下来，他拿出了棕红色的油漆和刷子，给那些完美的雪白奔马上色，上了颜色的奔马立刻鲜活起来。

窥破了这个秘密，图雅觉得索然无味，我也如此。还以为他有什么点石成金的金手指，原来也不过是有个模子把"面粉"凝固了蒙事。再看到有人买"奔马"，图雅就会说："搞不清楚这些大人们想

什么呢，真正的骏马在草原上飞奔，他们却喜欢搞一团呆头呆脑的'面疙瘩'放在家里面！"

可小城的人们一直都是这么奇怪，那段时间，家家户户突然流行起这个东西，我们去过的很多人家里都像模像样地在显著位置摆了这么一个一模一样的"面粉"做的"奔马"。当然，我后来知道了所谓"面粉"大概是"石膏粉"。

人们一定是商量好了，突然喜欢什么，就不肯让一个人掉队。"奔马"如此，女人脚上的丝袜如此，其他很多东西也是这样。

爸爸、妈妈结婚时的大衣柜、平柜忽然就不流行了，家家开始做或买组合柜。又是南方人，这回是南方来的木匠，他们做家具倒是没什么特别，按照人们流行的图纸、说好的尺寸，一样用锯子、刨子干活，特别处在于家具做好后的刷漆，据说他们会在平淡无奇的木板上刮出漂亮的花纹。他们做家具的时候不让人看，有人从门缝里偷偷瞧见了这个秘密。他们用一块扁平的刮板，把一张纸一样的东西，顺着家具的外立面从上到下小心翼翼地刮下来，木头就变了颜色，有了花纹。想要什么木纹就出来什么木纹，有桦木的颜色，也有紫檀色的、松木色的，比刷漆好看多了。若干年后，我终于知道家具有实木，也有复合板贴面的，所谓"刮"出来的图案，大抵是贴面吧。

来了做"奔马"的，又来了做家具的，小城多了越来越多的南方人，最多的一批说是从温州来的，他们最擅长修鞋。他们带着孩子，说着我们听不太懂的南方话，迅速占据了小城的街道拐角、商场门前、邮局对面……

同学当中有人悄悄戴起了电子表，很漂亮的金色、红色、白色的表带，据说也是他们的爸爸、妈妈托人从南方的广州带回来的。

我的一个教语文的年轻女老师突然辞职了，据说是去南方，也许是厦门，也许是珠海，或者就是广州，去那边的一个学校教语文去了，因为北方人的普通话好，在南方做语文老师收入比我们这边高多了。

南方，说起来都是南方，夏天温热的风是从南方吹来的，电视里是比温州、广州更南方的香港、台湾的电视剧，街上喇叭里是香港、台湾的流行歌曲："浪奔，浪流，万里滔滔江水永不休……"

新的学期开始了，我却再也没见到图雅。据说在萨日娜的坚持下，她和她的两个姐姐、一个妹妹都去了离市区很远的那所蒙古族学校，而她的家也随之搬到了离那个学校更近的地方。

然而，就在那个暑假快结束的时候，图雅还和我站在药店门口的台阶上有过一次聊天。看着街上的车水马龙，图雅轻声问我："你想不想有一天离开小城，到南方去看看？"我傻乎乎地回答她："想啊，等我们长大了，一起去看。"当时的我们根本没想到会就此分别，即使知道，大概也不会懂得认真道别。

23 道别

想起一件与道别不太相干的事。

幼时玩伴里，接触不多的还有一对姐弟，被我们叫作"哑巴孩"，他们总是有些戒备、有些倔强地看着我们，从不加入我们的游戏。

他们之所以有那样一个称呼，是因为他们的父母是一对哑巴。哑巴父母靠拾废品为生，姐弟俩常帮忙。

他们自己听说正常，却从不在父母面前出声。他们和爸爸、妈妈的交流永远都是安安静静的，甚至不用手语。我常见他们只一个眼神就彼此一笑，爸爸或妈妈会慈爱地摸摸姐弟俩的头，或贴贴脸颊。

我忽然想到他们姐弟两个是因为我联想到自己和故乡的关系，莫名有些像"哑巴孩"和他们的哑巴父母。

17岁那年，我考到距离家乡3 000里之外的城市读书。从坐上火车那一刻起，小城和幺屯的一切，北市场的小院和幺屯的菜园，那些风沙雨雪、草木云石，在看得到的时空里都再也不属于我了，却又在看不到的灵魂深处与我合而为一，注定这一生无法分隔。虽然那时的我对这一切浑然不觉。

当时，我就那样浑然不觉地离开了小城，没说一句话，可是我想小城和幺屯大概懂我。我们之间的交流似乎在某种程度上也像"哑巴孩"和他们的父母，永远是那么安安静静的，不需多言，任何动作都是多余。

无论小城还是幺屯，在我都不知道自己的未来的时候，它们一定什么都知道。它们知道我终于有一天将一去不返，但它们从一开始就那样微笑地看着我，笑而不语。因为它们知道我即使终将一去不返，也会在另一个维度空间注定与它们永远紧密相随。

18岁生日那天，我不在小城，甚至早已忘了和那个酷似铁拐李的神仙的约定，当然那时的我早已成熟到明确知道这个世界没有神仙。他消失的那年冬天的大雪也已在那时的记忆中退去。然而，冥冥之中，多年后一个偶然的下雪天，一片一片硕大的雪花自空中无声落下，好像瞬间飘落到我的心里，湿漉漉的，让我忽然惊觉曾经有过那样一个人出现在我的生命里，又那样悄无声息地消失了。

我在几千里之外读大学的时候，德子最终在幺屯和他的父辈们一样扛起了手中的锄头。尽管他曾经考取了乡里最好的学校，而且在那所学校有着最好的学习成绩，但乡里学校的升学率实在差得可怜，德子连续复读三年都没能跃出龙门成为贵子。我和同学们热切地谈论路遥《平凡的世界》时，曾把书中的孙少平想象成了德子的模样，我暗自想着一定要给德子寄一本回去，却忘记因为何种原因而最终搁置下来。

那个春节，我回家看望奶奶。奶奶不再和我讲"满洲国"时的事了，常常一个人静静地坐着，淡淡地抽烟。有时，奶奶会突然说一句："现在的日子好啊，要是我妈还在可有多好！"偶尔提起已经去世多年的爷爷，奶奶笑着称呼他为"那个老东西啊"……家人说她开始糊涂了，说话有些颠三倒四。

我不愿相信家人说的，聪明能干的奶奶怎么会糊涂？但在某一个晚上，奶奶在我面前吸着烟，凝神侧听，然后微微一笑，说："又是马前泼水啊。"接着，她对着漆黑的窗外皱着眉头说："这个老张头最近怎么整宿整宿地在窗户根底下唱二人转？"我知道奶奶说的老张头就是当年的邻居张爷，而奶奶这时早已搬离了北市场后面的小院，住到了高楼里，窗外只有污浊的夜空。三个月后，奶奶带着她那么多"满洲国"的故事和《苏武牧羊》的曲调安然离开了这个世界。

彼时，我在他乡。

据说临终前，奶奶一度十分清醒，还向家人询问我的婚期。我们祖孙一场，却完全没有来得及道别。

35岁那年很快就到了，我当然早就忘了当年在幺屯大壕上的豪言壮语，不仅没有死去，还活得更加卖力。

三十七八岁的时候，我在幺屯终于又见到了德子。虽然不似鲁迅先生笔下的闰土，但德子眼神中的光芒已经全然不见，戴着一副和他周遭环境显得格格不入的眼镜，有些羞涩地端出一盘瓜子给我吃。

年轻人都外出打工了，德子打工的地方在距离幺屯不远的镇上。像通常刚刚相识的人那样，简单聊了聊彼此的工作和生活，就没有太多的话可说了。

在他家门前道别时，我恍然觉得从前在幺屯大壕上奔跑、在清河钓鱼的事情好像从来都没发生过一样。我努力地回想，却怎么也想不起来这次相见前最后一次见到德子的情景。所以，好像我们从来就不曾真正相熟过。

40岁的时候，因为工作的原因，我乘一辆越野车在东三省疾驰，路过吉林省四平市的时候，不经意间，窗外车灯照射下一个路牌一晃而过，上面清晰地写着"梨树"！

那夜，天空落着雪花，旷野无声，车轮静静碾过大地，我知道自己终于到了有梨花开放的地方，微闭双眼的想象中，我张开双臂扑向大地，无垠的雪地传递出无法言说的温柔，纷纷扬扬的雪花似梨花绽放，一朵一朵寂然飘落。

彼时，距离爷爷去世已20余年。

20多年的时间里，爸爸、妈妈这对平常夫妻也已天人永隔，爸爸在几年前去世，骨灰同样埋在了那片沙土之下。

姥姥、姥爷先后在幺屯过世，埋到了南坨子里那片密林边。舅舅们去城市打工了，幺屯那个土房子连带前后园子被舅舅卖给别人了。妈妈电话里告诉我这个消息时，我有些失控地哭着问妈妈："舅舅卖了多少钱，能不能把那个房子卖给我？"

而北市场后面那个小院早在我离开小城之前就被拆迁了……

多年没回小城了。听说，如今的北市场那里已经成了旧城区，西辽河两岸才是新的繁华地带。

24 西辽河

离开小城前，我常常去的地方是西辽河边。或许，在众多应该道别的人、事之外，最应该道别的其实是西辽河。

在我少时的记忆里，一年之中，西辽河最热闹的一天就是端午节。

不知道是从哪辈上传下来的，端午节这天不仅要吃鸡蛋、吃粽子、叠纸葫芦，还要起得早早的，到西辽河边去采艾蒿。于是，每年这一天的西辽河边总是在清晨露珠的冷香中飘散出好闻的艾蒿的清香，这清香包裹着热热闹闹的人群，使原本安静的初夏早晨突然就变得欢天喜地起来。

凌晨4点，小城的天空还没有大亮，淅淅沥沥的小雨使初夏的早晨变得寒冷，但这丝毫不会阻断人们河边采蒿的热情。我和伙伴们还没来得及看到西辽河，远远地就已经看到到处都是人的身影，有骑车的，有推车的，有坐在后座上互相打闹的，百分之九十都是年轻人。我和相约的伙伴汇入人流，来到河边。

大坝上，晨曦微露，细雨如丝，芳草的清香、露珠的清凉扑面而来。桥上桥下密集的人群、热闹的声音四散在河边壕坝上，立刻就变得稀疏了。人们三五成群，说是采蒿，更像在嬉戏踏青，每个人都动作夸张地行走在青青绿草上，如同在草浪之上舞蹈。

我们索性脱了雨披，在绿草遍野的大坝上欢快蹦跳，近处不见艾蒿的踪影，不过那又有什么关系，沿着河水走着，听着河水静默的声音，闻着好闻的香气，感受着清凉的空气，艾蒿一定在前方某一个地

方静静地等待着我们。

河边的风吹到脸上并不觉得寒，雨却一点一点小了起来，直到最后东方露出曙光，太阳出来了。人群的喧闹声渐渐远去，第一丛艾蒿出现在我们眼前。

当我们抱着满满一怀的艾蒿，走在回家的路上时，初升的太阳正光芒万丈地照耀着。我们再次汇入热闹的人流，看着和我们一样喜悦的人们，他们自行车的车把上、帽子上、耳朵后别着的，手里捧着的一束束、一丛丛的艾蒿散发出那种特有的香气，随晨风飘荡。这香气很快就将飘进小城的每一条大街小巷，在每一家每一户的门框最高处聚集，让人们出来进去都在它的香气笼罩下，保佑人们平安、健康、喜乐。

除了这一天，更多时候，西辽河是安静、沉默的。像那句古话："逝者如斯夫，不舍昼夜。"

很多个日暮时分，我站在这条静默无语的大河边，看它滔滔向前。那时，我还不知道它承接着诗人席慕蓉笔下的西拉沐沦河而来，又连接着学者齐邦彦的巨流河而去，最终汇成音乐人陈升的滚滚辽河注入渤海。我只知道这条自北向南在小城西面流过的宽阔河流被我们叫作西辽河。

我见得最多的是夏季的西辽河。和幺屯北面那条小小的清河相比，它的水面更为宽阔，称得上浪涛滚滚。黑里泛黄的河水，一波接着一波向南方涌去。它的周围四野开阔，无遮无拦。俯仰天地，只有风声和岸边垂柳，再远处有密密的青纱帐和远处成列的白杨。

站在桥上或者坐在岸边会产生幻觉，仿佛桥或者岸成了船，整个人都漂浮在水面上，晃晃荡荡，随着流水漂向远方。可过了很久，回过神来，水还是那样一波接着一波，不紧不慢地流淌，而人仍在原地。我常常在那里站立好久，没有任何喜怒和想法，整个人似乎都成了河水的一部分，悠悠逛逛，从上游飘荡而来，再向下游飘荡而去。

有时水面上会漂浮着一些树棍、秸秆，给那波澜不惊的水面带来一丝变化，让人不由想象着它在上游流经的土地和那些土地上发生的故事。

若是黄昏时分坐在河边，可以一直看着将要西沉的太阳发呆。看天边被染成金黄或瑰红的云朵，看明亮却不刺眼的阳光在水面折射出粼粼波光，就好像天空下了一场金箔碎片的雨。

冬天的西辽河又是另一番景象。那时，它周围的一切都失去了颜色，天幕低垂，北风萧瑟。铅灰色的天空之下，树木仅剩的枝条上堆着积雪，树下的土地硬邦邦的，草先是枯黄，继而不知是被风吹散了，还是被雪压垮了，有的地方只剩短短的草根，有的地方索性光溜溜一片，像因为发质不好或掉发严重而索性剃了的光头，却又剃了有些时日的样子。再远的地方，有大片荒草被烧荒的人们弄得黢黑，看上去突兀得触目惊心。

天地仿佛静止一般，曾经宽阔的大河变窄了，大片的河床露出来，河面成了一个巨大的冰带，厚重的冰层可以让行人、车马通过。原本安静的天地变得更加安静了，无遮无拦的北风排遣寂寞一般不知疲倦地吹着，鸟儿也不知道躲到哪里去了。偶尔，远处会有几个小点在移动，走近了才会发现，那是几个贪玩的孩子在滑冰车、打冰尜。

我没见过春天里解冻开化的西辽河，但想象中西辽河春天的样子应该也不陌生。

那应该是每年的四月，春节过了，立春了，南方天空下的大地早已复苏，也许是金灿灿的油菜花遍地，也许早已桃红柳绿，西辽河边的景象却全然不同。

在我的想象中，那时候，西辽河的天空虽然渐渐晴朗高远起来，但是仍然灰蒙蒙的，好像在等待着什么，阳光还是白晃晃的，却比漫长冬日里显得稍有了些精神，虽然仍没有那么耀眼。有时会有大团的云层，缓慢地翻滚着；有时则一朵云也没有，像是一块铅灰色的幕布挂在天上。西北风不再那么强劲，尽管空气还是很清冷，但已经偶尔能感受到一丝东南方向吹来的风，带着温润的气息，像是要悄悄唤醒这里的一切。

大地还是一片沉寂，背阴处还残留着片片积雪，土地还是光秃的淡黄色，连一点绿色的草芽都没有。几只麻雀在低空飞过，很快落到一块光秃秃的地上，在枯黄的草根间寻觅食物。

空气打在脸上还是冷冰冰的，棉衣棉裤还要等些日子才能脱去。

太阳耀眼的日子，就在我站在家中小院朝阳处的房檐下，看房顶上的冰溜慢慢融化，滴滴答答地落下水滴，仿佛水帘洞一般的时候。

静默的大地上，那条静默的大河沉睡了一个冬季。在东北一望无际的大平原上，在凛冽的西北风渐渐变成东南风的时候，这条冻得结结实实的大河开始松动了。仿佛一夜之间，终于睡醒了的它伸了个懒腰，松动了一下筋骨，就裂成了无数的纹路，或大或小，数不清的冰块慢慢随河水向南流去。

于是，"辽河通了！辽河通了！"岸边的人兴奋地随着河水奔跑，一如百年前的祖先们曾经做过的那样。

亘古以来，这里一直都是"风吹草低见牛羊"的牧场，朔风劲吹，将军角弓，战马嘶鸣，无数个寂寞的月圆月缺，无数年四季轮回草木荣枯，年年岁岁，岁岁又年年。

只有西辽河的水昼夜不息，看着战马在它旁边饮水，看着牧人的勒勒车从它岸边吱吱呀呀轧过一道道车辙。一个扎着头巾的额吉在河边安装过蒙古包，挤过牛奶，熬过奶茶，一个阿爸在河边石头上静坐，彻夜拉响马头琴。还有一场天昏地暗的战役，鲜红的血滴落在某一丛野草的叶子上……

如今，这一切都随风声一同隐去了，却又偶尔在风声中回荡。岸边一树树的垂柳、一次次枯萎又繁荣的草木、一群群来了又去的飞鸟伴着这条大河苏醒、奔淌、沉睡，再奔流。

一直到一百年前的那天，这片大河东岸的土地划出来出租给汉族人开垦，一切才开始有了变化。

这一片沃土，"南临大道，西枕辽河，东倚平冈，北凭广野，地势高爽，永无水患，而水陆交通之便利，尤为他处所不及"。伴着

"辽河通了"的呼唤，一批又一批汉族人从黑、吉、辽东北三省，从关里的河北、山东，挑着行李带着儿女，来到这里播种未知的希望。

仿佛一夜之间，随着风声掠过原野，所到之处就像画笔迅疾点染画板，各种鲜活的面孔喧嚣着浮现出来，渐渐嘈杂成一片市井图形。浩荡流淌的河水自北向南渐渐隐去，一座熙熙攘攘的城市不大却热闹地出现在河的东岸，充满人间烟火气，每日里争吵着、喧闹着，不因某一个体的到来而更加兴奋，也不因某一个体的消亡而停顿片刻。

小城西南那个只有几十户人家叫幺屯的小村庄尽管安静得仿佛只剩下昏黄的土地和昏黄的土房子，在地图上几乎找不到名字，自那时起也日日升起炊烟，伴着马嘶犬吠，有着它的四季轮回。

人群中包括我的祖辈：那一年，我17岁的爷爷从吉林四平一个叫作梨树的地方来到这里；不知哪一年，我奶奶的爸爸、妈妈从辽宁的昌图来到这里；乡下，我姥姥、姥爷的祖辈也从辽宁的锦州来到这里。他们在小城和幺屯各自的轨迹里一天天生活，分别组成各自的家庭，扎下根并最终枝繁叶茂，把这里变成了我的故乡。

故乡就是西辽河的水丰沛又干涸、冰封又融化，是河边的草木一秋枯萎又一夏葳蕤，是河两岸的小城和村庄越来越高、越来越大。

小城和村落的人们生老病死、欢乐悲愁，每一个人都努力地活着，最终又都寂寞地离去，无论多少喧哗，都被风沙吹散。

我在河水边，在风沙里，在骄阳下，听风，听雨，听雪静静地飘下，也听沙落到地上的声音，听太阳的光飘过大地时投下影子的声音。我走过小城的大街小巷，穿过幺屯的坨子和夜空，一年年看太阳如何升起，鲜花如何开放，河水如何流淌。我在日复一日地游走中一年年长大，直到和爷爷离开家乡时一样的年纪，然后，也终于离开了小城。

许多年之后，我在武夷山度假漂流时，第三次见到了野生的大自然中的蛇。

它在江边的石头上，抬着头看着竹筏上的我们。它的出现引起了人们的惊呼，撑篙的人拿着竹篙打它，竹筏上的人们有两种截然不同的声音："打死它！打死它！""不要打！不要打！"我是后者，大叫声中，小蛇从石头上遁入水中，消失不见。

就在那一刻，忽然想到，我属相为蛇，生在秋天。

黑格尔说，历史是一堆灰烬，但灰烬深处有余温。

如果我真的是一条小蛇，上面所有的文字也许只是我顺着西辽河逆流而上，任性游走时打的一个小盹，只因在灰烬深处余温之下做了一个长梦。

后 记

这实在是一本不合时宜的书，它的节奏太慢了，要想找一段激烈的情节冲突根本不可能。在书本已被碎片化阅读取代的年代，我几乎想象得到，很多人凑巧阅读到这本书，一定是皱眉蹙额，连一页纸都翻不过去就扔到了一边。

大胆自黑一下，或许这本书的广告应该写作"一本催眠好物"。

其实，这本"催眠好物"写完已经两年多了，一直藏在我的电脑里"休眠"，只零零星星给一些朋友看过。

意外的是，有那么几个朋友对我的写作给予了毫不吝啬的溢美之词。前几天，一位未曾谋面的兄长——中山大学中文系毕业的刘中国兄打来电话，言辞恳切地说："小茹，我真喜欢你的文字，要写下去啊！"再早一些时候，我同校同系的钟清声师兄说，读到郑德福那一章，他落泪了。我的内蒙古老乡——北大中文系博士张学君兄更是毫无保留地给了我很多超出预期的评价。

……

他们让我觉得也许还是会有一些人喜欢这些文字，这成为我鼓足勇气想要把它印刷出版的底气和动力。也恰巧在两年之后的现在，突然一个可以出版的机缘摆在面前。那么，就让它面世寻觅有缘人吧。

实话说，这虽不是我的第一本书，却是我很看重的一本。自黑之后，忍不住唠叨给有缘遇到这本书的人：这是一本只适合慢慢读的书。读它的时候，请一定不要那么着急。

现在的我安静下来，慢慢地读那些两年前的文字，竟会有一点感动和惊讶。时间看不出流动，却改变了很多，我觉得如今的我早已经写不出那样的文字了。我很感谢当时的自己一鼓作气把它写了出来。

当然，最要感谢的除了前文提到的那些兄长外，还有给我无限鼓励的家人、好友，来自第一读者飞先生的各种正向反馈，来自我那些闺中密友——洪波、顾力、莫淘、布阳、七七、荣荣、大美莉以及我见过的拥有最有趣的灵魂的张启敏……这串名字很长，应该还有遗漏，正是他们这些可爱的家伙阅读后的各种不遗余力的鼓励让我在写作的过程中充满勇气。

又想到了我的恩师志彬先生。去年夏天，我回呼和浩特看他，提起这本小书，恩师说还是要尽早出版，甚至帮我想出版的门路。如今，恩师已远去，我只能期盼恩师天上有知，亦为我欢喜吧。

在这个不太平的庚子年，我能了此心愿出版了这本小书，真是说不尽的感激和感恩。

小茹

2020年11月于北京